KB146775

내가 배우고 이웃에게 전한 108잠언

언젠가는 지나간다

현진

월간『해인』편집위원과 불교신문 논설위원으로 활동하였으며,
그동안 간결하고 담백한 문체로 절집의 소소한 일상과
불교의 지혜와 교훈들을 독자들에게 꾸준히 전달해 왔다.
그의 글은 마치 사람을 앞에 두고 두런두런 이야기하듯 진솔하며,
또한 짧은 호흡의 군더더기 없는 문장으로 삶의 철학과 진리를
쉽고 명쾌하게 풀어내고 있어서 더욱 흡인력이 있다.
현재 청주 관음사 주지로 정진 중이다.

저서로는
『삭발하는 날』『잼있는 스님이야기』『산문, 치인리 십번지』
『두 번째 출가』『오늘이 전부다』『삶은 어차피 불편한 것이다』등이 있다.

내가 배우고 이웃에게 전한 108잠언

언젠가는 지나간다

현진

담앤북스

목차

이 또한 지나가리라

존중으로 마중하고 존중으로 배웅하라

삶의 장신구를 벗어라

지혜로운 자는 산을 넘는다

번개 하나면 충분하다

촌철살인寸鐵殺人. 이 말을 나는 좋아한다.

촌寸은 한 치를 의미하며, 철鐵은 칼이나 창 같은 무기다. 따라서 '촌철'은 아주 짧은 무기를 말한다. 다시 말해 간단한 말 한마디로 사람의 의표를 찌른다는 뜻.

이 사자성어는 남송南宋의 나대경이 지은 『학림옥로鶴林玉露』에서 임제종을 중흥시켰던 대혜大慧 종고宗杲 선사의 청담淸談을 소개하는 글에 등장한다. 선사의 법어는 다음과 같다.

"어떤 사람이 수레에 병기를 가득 싣고 와서 무기를 휘둘렀더라도 그것은 사람을 죽이는 수단이 안 된다. 나는 단지 촌철만 가지고도 사람을 죽일 수 있다."

여기서 살인이란, 사람을 죽이는 게 아니라 마음속의 망상을 깨뜨려 없앤다는 의미다. 그러니까 단순하고 명료한 언어로 어리석음을 일깨워 주는 것이라고 할 수 있다.

고인古人들이 보여 주는 이러한 촌철살인의 대화는 마치 활발발活鱍鱍한 선문답 같아서 더욱 매력이 느껴진다. 핵심을 반전시키는 기술과 사람을 감동시키는 어법을 통해 어리석은 칠통漆桶을 타파한다. 어느 하이쿠 시인의 표현처럼 생의 핵심을 일깨우는 데는 번쩍이는 번개 하나면 충분하다. 더 이상의 말은 군더더기일 뿐이다.

여기 실린 108가지의 고사古事와 잠언은 내가 먼저 배우고 이웃에게 법문으로 전했던 이야기를 정리한 것이다. 이 내용 속에는 인생의 지혜와 삶의 성찰이 가득 차 있으며, 동서고금에 상관

없이 그 생명력을 잃지 않고 파닥파닥 숨 쉬고 있다. 그래서 이 책의 주제들이 생의 근원적인 물음에 대한 은유는 물론이고, 물신주의에 얽매인 우리에게 던지는 메시지는 무척 많다. 만약 한 구절일지라도 그대들의 뒤통수를 툭 치며 생을 응시하게 만든다면 그것으로 이미 촌철살인이다.

조각조각이 다 전단栴檀인데 무엇을 버리고 무엇을 취하랴. 모든 우화와 잠언이 다 전단향이다. 가지마다 암향이 배어 나오므로 버릴 게 없다. 따라서 여기 실린 글들이 잘못된 삶의 방식과 가치관을 관통하는 절옥도切玉刀가 된다면 비단 위의 꽃이라 할 것이다.

날마다 좋은 날!!

무설산방에서
현진

이 또한 지나가리라

오직 이 무상의 진리만이 험난한 우리 인생을 위로할 수 있다.
그래서 내 인생에서 가장 찬란하고 영광스러운 때가 왔더라도
항상 이러지 않을 것이라고 스스로 겸손하라.
그리고 내 삶에서 가장 가난하고 초라한 시절이 왔더라도
항상 이러지 않을 것이라고 스스로를 달래라.

이 또한 지나가리라

어느 날 페르시아 왕이 신하들에게 마음이 슬플 때는 기쁘게 하고, 마음이 기쁠 때는 슬프게 만드는 물건을 가져올 것을 명령했다. 신하들은 밤새 모여 토론한 끝에 마침내 반지 하나를 왕에게 바쳤다. 왕은 그 반지에 새겨진 글귀를 보고 크게 웃으며 만족해했다. 반지에는 이렇게 적혀 있었다.

"이 또한 지나가리라."

이보다 더 완벽한 지혜는 없다. 기쁠 때 자만하지 않고 슬플 때 절망하지 않게 만드는 최고의 비법이다. 모든 것은 지나간다. 좋은 일이건 궂은 일이건 영원한 것은 이 세상에 없기 때문이다. 모두가 한때일 뿐이다. 그 어떤 것도 필경에는 내 삶의 언저리를 지나가고 말 것이다.

그러므로 기쁜 일이 생겼더라도 지나치게 우쭐할 필요가 없고, 슬픈 일이 닥쳤더라도 기죽을 일이 아니다. 그 어떤 순간도 멈춰 있지 아니하고 변화해 간다. 부귀도 한때며 권세도 잠깐이다. 또한 좌절과 상실의 시간도 그리 길지 않다.

오직 이 무상의 진리만이 험난한 우리 인생을 위로할 수 있다. 그래서 내 인생에서 가장 찬란하고 영광스러운 때가 왔더라도 항상 이러지 않을 것이라고 스스로 겸손하라. 그리고 내 삶에서 가장 가난하고 초라한 시절이 왔더라도 항상 이러지 않을 것이라고 스스로를 달래라. 이 가르침을 달리 풀어 보면 이렇다.

"기쁨도 슬픔도 언젠가는 지나간다."

002

마중물의 삶을 살라

사막을 지나던 한 여행자가 몹시 목이 말라 주위를 둘러보았는데 마침 한쪽에 낡은 펌프가 하나 있었다. 그 펌프 손잡이에는 이런 내용의 쪽지가 달려 있었다.

"펌프는 제대로 작동되지만 물을 퍼 올리려면 먼저 펌프에 물을 부어야 함. 그래서 물 한 병을 건너편 바위 밑에 묻어 놓았음. 하지만 그 물을 절대 마시면 안 됨. 만약 조금이라도 마신다면 펌프를 작동시키기엔 물이 부족할 수도 있음. 또 한 가지, 당신이 떠나기 전에 반드시 그 물병에 물을 가득 채워 놓아야 다음 사람이 펌프를 이용할 수 있다는 것을 명심할 것."

그 쪽지에 글을 남긴 날짜를 확인해 보니 무려 20년 전에 누군가가 써 놓은 것이었다. 여행자는 건너편 바위 밑을 파 보았다. 과연 그곳에는 물이 가득 채워진 물병이 있었다. 20년 동안 쪽지의 약속은 계속 지켜지고 있었던 셈이다.

펌프를 이용하여 우물물을 퍼내려면 먼저 펌프에 적당량의 물을 채워야 하는데 이 한 바가지의 물을 '마중물'이라고 한다. 손님을 '마중한다' 할 때의 그 '마중'을 뜻한다.

물을 얻기 위해 한 바가지의 마중물이 필요하듯 우리 인생에서도 무엇인가를 원한다면 마중물을 부어야 한다.

만약, 당장의 목마름을 해결하기 위하여 그 마중물을 마신다면 눈앞의 갈증은 해소할 수 있으나 영영 펌프는 사용할 수 없게 된다. 자신의 이익이나 탐욕이 때로는 사회 질서를 어지럽히고 사람 사이의 약속을 깨뜨리지 않는지 반성해 볼 일이다.

아프리카 속담에 이런 말이 있다.

"빨리 가려면 혼자 가라. 멀리 가려면 여럿이 가라."

이 말 속에 우리 스스로가 왜 마중물의 삶을 살아야 하는지 그 이유가 내포되어 있다.

먼지의 무게가 이만큼이다

일본의 하이쿠 시인들은 한 줄 문장으로 자신들의 삶을 표현하길 즐겼다. 군더더기 없는 그들의 시를 읽고 있으면 탈속한 선사의 게송을 보는 느낌이다. 그 가운데 방랑시인 오자키 호사이(1885~1926)는 저울대를 앞에 두고 다음과 같은 시를 지었다.

몸무게를 달아 보니
65킬로그램
먼지의 무게가 이만큼이라니!

사람들은 잘난 체하며 거들먹거리지만 따져 보면 우주 속의 작은 티끌이 아니던가. 결국 광활한 우주를 떠다니는 가벼운 먼지일 뿐이다. 이런 입장에서 생각하면 인생은 내세울 것 없는 미미한 존재에 불과하다. 아등바등 다투며 살지만 우주에 견준다면 작은 먼지 하나 일어났다 사라지는 것이니, 이 얼마나 보잘것없는 짓인가. 이러할진대, 먼지에 불과한 이 육신에 너무 집착하거나 미련 둘 일은 아니다.

무사無事가 호사好事다

날마다 시시한 날이라고 투덜대는 사람이 있다. 그러나 이 사람은 시시한 날이 얼마나 좋은 날이라는 걸 모르는 까닭이다. 만약, 시시하지 않으려면 무슨 사고라도 나야 한단 말인가.

좋은 일이 없다고, 날이면 날마다 똑같다고 하지만 살아 보면 그게 좋은 날이다. 결과적으로는 나쁜 일이 생기지 않는 게 좋은 일이기 때문이다. 그래서 무소식이 희소식이고 무몽無夢이 길몽吉夢이라 했다. 그러므로 일상이 무료하고 단조롭다고 불평하지 말아야 한다.

매일 되풀이되는 평범하기 짝이 없는 일상이 특별한 날이다. 따로 대단한 날을 기다리며 소일하지 말고 촌음寸陰을 소중히 써야 한다. 그저 빈둥빈둥 뒹굴며 시간이나 죽이고 있을 겨를과 여유가 없다.

하루하루가 반복되는 것 같지만 사실은 똑같은 날이 아니다. 이것은 어떤 일에 기준을 두고 나누는 인간의 잣대일 뿐이다. 그러므로 권태로운 날은 하나도 없다. 정말 지루한 것은 삶이 아니라 우리의 마음이 아닐까.

정약용(丁若鏞, 1762~1836)의 『도산사숙록陶山私淑錄』에는 이런 금구金口가 있다.

"천하에 가르쳐서는 안 될 두 글자의 못된 말이 있으니
'소일消日'이 바로 그것이다."

005

무엇이나 정한 때가 있다

세상일에는 반드시 그 때가 있다. 저 여름날의 폭염도 때가 되면 물러가고 무성하던 잡초도 선선한 바람이 불면 더 이상 자라지 않는 법이다. 이처럼 세상사는 그 때를 통해 매듭이 정해지고 그 매듭으로 인해 우리는 보다 성숙하게 된다. 다시 말해 그때그때의 변화를 거쳐 우리 삶은 안으로 여물어지는 것이다. 바위처럼 그 자리에서 요지부동하면 거기에는 삶의 생기가 스며들 수 없다.

세상살이에도 다 시기와 때가 있게 마련이다. 시작할 때가 있고, 정리할 때가 있고, 참아야 할 때가 있고, 웃을 때가 있다. 인간사의 우비고뇌는 그 모두가 순간순간의 매듭이다. 그러므로 그 때를 거부하거나 역행할수록 더 힘든 게 인생이다. 그 때를 기다릴 줄 알고, 또 그 때가 오면 겸허히 받아들여야 하는 것이다.

성경(전도서)에 이런 말씀이 있다.

무엇이나 다 정한 때가 있다.

하늘 아래에서 벌어지는 무슨 일이든 다 때가 있다.

태어날 때가 있으면 죽을 때가 있고

심을 때가 있으면 뽑을 때가 있다.

죽일 때가 있으면 살릴 때가 있고

허물 때가 있으면 세울 때가 있다.

울 때가 있으면 웃을 때가 있고

애곡할 때가 있으면 춤출 때가 있다.

연장을 쓸 때가 있으면 써서는 안 될 때가 있고

서로 껴안을 때가 있으면 그만둘 때가 있다.

모아들일 때가 있으면 없앨 때가 있고

건사할 때가 있으면 버릴 때가 있다.

찢을 때가 있으면 기울 때가 있고
입을 열 때가 있으면 입을 다물 때가 있다.
사랑할 때가 있으면 미워할 때가 있고
싸움이 일어날 때가 있으면 평화를 누릴 때가 있다.

이 시기와 때는 어떤 절대자나 신이 정해 주는 게 아니다. 이것은 거대한 우주의 질서며 조화다. 인간 또한 그 신비로운 질서 속에 서 있는 것이다. 그러므로 어떤 상황이든 그 때가 오면 도망치거나 외면하지 말아야 한다. 모든 일에는 다 때가 있다. 지금, 어떤 일이 잘 안 풀리면 '안 되는 때'라고 위로하라.

자연의 흐름에 맞추어야 한다

바람의 무게가 한결 서늘하고 맑아졌다. 밤으로는 풀벌레 소리가 한층 여물어지고 하늘의 별자리도 또렷하다. 달이 뜨면 늦은 밤까지 잠들지 못하고 마당을 서성이게 된다.

어제는 달빛이 잘 드는 창 앞에서 옛글을 읽었다. 둥근달이 휘영청 밝은 날은 글에서도 맑은 향기가 난다. 이를 일러 옛 선비들은 '서권기書卷氣'라 표현하였던가. 가을날마다 애송하는 옛 시를 또 음미한다.

조선 명종 때의 문인이었던 송순宋純은 산골에 살면서 이런 시조를 짓는다.

십 년을 경영하여 초가삼간 지어내니
한 칸은 달에게, 또 한 칸은 청풍에게 맡겨 두고

강산은 들일 데 없으니 둘러놓고 사노라.

비록 세 칸짜리 오두막일지라도 이 정도면 부족하거나 외롭지 않을 듯하다. 한 칸은 달빛에게 내어 주고 다른 한 칸은 청풍이 머무는 집, 그리고 강산은 방안으로 들여놓지 못하니 병풍처럼 둘러놓고 살겠다는 뜻이다. 이 얼마나 멋진 풍류인가. 옛 선비들의 맑은 가난의 모습이, 모든 것이 넘치는 시대라서 더욱 귀하게 여겨진다.

미국 문학과 사상을 대표하는 인물로 알려져 있는 소로우가 살던 오두막에는 좌우 양쪽에 큰 들창이 있다고 한다. 그런데 그 집엔 커튼이 필요 없었단다. 소로우의 표현을 빌리자면 해와 달 이외에는 밖에서 들여다볼 사람이 없었기 때문이다. 얼마나 소박하고 욕심 없는 삶인가. 평생 자연을 떠나지 않았던 소로우의 생활신조는 '간소하게, 보다 간소하게'라고 알려져 있다.

남보다 앞질러 가고 싶은가. 그것은 쉼표가 빠진 인생이 되기 쉽다. 우린 자연의 흐름과 함께 걸어야 한다. 가을보다 겨울이 절대 앞질러 오지 않는다. 삶의 보폭을 자연의 흐름에 맞추어야 보다 투명하고 단순해질 수 있을 것이다. 자연의 박자에 맞추어 천천히 걸으면서 자연이 펼치는 계절의 축제에 동참해 보라.

007

큰 인물과 대결하라

중국 선종사의 걸출한 인물, 혜능(慧能, 638~713). 혜능의 독보적인 선풍禪風은 중국은 물론이거니와 우리나라 불교에도 절대적인 영향을 끼쳤다.

당시 시골뜨기 나무꾼이 일약 스타로 등장할 수 있었던 것은, 자신의 힘으로는 도저히 대적할 수 없는 큰 인물의 논리에 이의를 제기했기 때문이다. 그때는 신수神秀가 이미 스승의 후계자로 내정되어 있었던 상태. 그래서 신수의 수행 경지에 대해 그 누구도 의심하거나 그의 이론을 반박할 상황이 아니었다. 그런데 겁 없는 혜능이 덜컥 한마디를 던져 버린 것이다. 요즘 세태로 하자면, 신참 누리꾼이 일격을 날린 것과 같다.

예로부터 맞짱을 붙어도 큰 인물과 대결해야 도전자의 이름이나 실력이 단박에 드러나게 된다. 결과적으로 절대 고수였던 신수와 경합하였다는 그 한 가지 이유로 혜능은 일거에 자신의 존재를 세상에 알린 셈이다. 이 사건은 선종사禪宗史의 명장면으로 기록되어 있다.

그러면 여기서 두 사람이 주고받은 글이 궁금하지 않을 수 없다.

신수가 "몸은 보리수와 같고 마음은 밝은 거울과 같네. 시시때때로 부지런히 먼지를 털고 닦으면 어찌 티끌 먼지가 생기겠는가!" 하고 적었다. 마음에 욕심이 묻지 않도록 부지런히 닦는 것이 수행이라는 요지다. 신수는 마음을 거울에 빗대었고 상식에 가까운 논리를 전개한 것이다.

그런데 혜능이 "보리菩提는 본래 나무가 아니요, 거울 또한 거울이 아니다. 본래 무엇이라 이름 해야 할 것이 없거늘 무엇에 때가 끼고 무엇을 털어낸단 말인가" 하고 댓글을 달았다. 혜능은 깨달음이니 번뇌니 하는 말은 그 자체가 분별이라는 것이다. 즉, 마음의 본질을 정확하게 간파한 논리였다.

본래, 사람들은 찬반 시비를 좋아한다. 그러나 아무리 옥신각신해도 사실은 승패가 없다. 다만 깨달음에 대한 두 사람의 접근 방식이 달랐을 뿐이다. 그래서 인간사에서는 다양한 사상과 이념이 전개되는 것이 아니던가.

최근 인터넷 공간에서 주고받는 악성 댓글로 많은 누리꾼이 상처를 받고, 심지어 자살까지 하는 경우도 있다고 들었다. 비난과 비판은 비슷한 표현이지만 그 속뜻은 다르다. 비난은 그 자체가 목적이지만 비판은 대안이 목적이다.

신수가 없었으면 어찌 혜능의 대기대용大機大用이 드러났을까.

또한 혜능이 없었다면 신수는 더 밝은 눈을 가진 종장宗匠이 되지 못했을 것이다. 결국 두 사람은 비난보다는 건전한 비판을 하였던 셈이다. 서로 대결하고 경쟁한다는 것은 미움이나 증오가 아니라 사랑과 관심이다. 그 사랑과 관심을 통해 개개인은 큰 인물로 성장할 수 있다. 이 시대의 우린, 왜 신수와 혜능을 닮지 못하는가.

재물에서 조금쯤은 자유로워져라.

이 명제는 돈에 구속되어서는 안 된다는 말이기도 하다.

하지만 오욕락 가운데 재물욕 다스리기가 가장 힘든 것이 현실이다.

그런 까닭에 옛 스승들이 거듭거듭 무욕을 당부한 것은 아닐까.

저기, 독사가 있다

붓다가 제자와 함께 길을 걷다가 숲 속에 이르렀다. 무언가를 발견한 붓다가 갑자기 제자에게 "저기 무서운 독사가 있느니라"라고 말하며 황급히 피하였다. 그 광경을 멀리서 지켜보던 농부가 독사를 잡기 위해 숲 속으로 가 보았다.

그런데 그 자리에는 독사가 아니라 금덩이가 있었다. 횡재한 이 농부는 졸부가 되었고, 재산이 많다는 소문이 온 동네에 퍼졌다. 관청에서는 가난한 농사꾼이 돈을 물 쓰듯 하니까 훔친 것으로 의심하게 되었고, 급기야 도둑으로 몰린 농부는 관원들에게 끌려가서 심문을 당한다.

곤장을 수차례 맞으면서 그는 마침내 깨달았다. 왜 붓다가 금덩이를 독사라고 하면서 도망갔는지를. 농부는 만신창이가 된 몸으로 집에 돌아오면서 이렇게 중얼거렸다.

"독사다. 정말 무서운 독사다."

재물을 독사라고 한다면 이 세상 사람들 누가 믿겠는가. 이렇게 우리는 재물 때문에 날마다 해害를 당하면서도 미련을 쉽게 버리지 못한다. 그러다가 저 농부처럼 호되게 당해 봐야 그 부작용의 실체를 알게 된다.

인간은 누구나 욕망을 가지고 있다. 그러나 욕망 그 자체가 나쁜 것은 아니다. 삶에 탄력을 주기 위해서라도 적당한 욕망이나 욕구는 필요하다. 하지만 탐욕은 인간을 꼼짝 못하게 얽어매고 병들게 한다. 마치 독사처럼 우리 몸을 꽁꽁 묶어 놓는다.

동서고금을 불문하고 지나치게 재산과 명예를 가까이하다가 스스로를 망친 사람은 많이 보아 왔으나, 부와 명예를 멀리 하다가 집안을 무너지게 한 사람은 자주 보지 못했다. 재물은 가까이 하면 할수록 그 해害가 더욱 깊다.

그래서 당나라 때 방龐 거사는 평생 모은 자신의 재산을 멀리 바다 한가운데로 가져가서 버리고 돌아왔다. 혹여 다른 곳에 버리면 탐내는 이가 있을까 봐 걱정하면서. 이는, 독성이 있는 물건이기 때문에 이웃에게 주면 화근이 된다는 신념 때문이었다.

재물에서 조금쯤은 자유로워져라. 이 명제는 돈에 구속되어서는 안 된다는 말이기도 하다. 하지만 오욕락 가운데 재물욕 다스리기가 가장 힘든 것이 현실이다. 그런 까닭에 옛 스승들이 거듭거듭 무욕을 당부한 것은 아닐까.

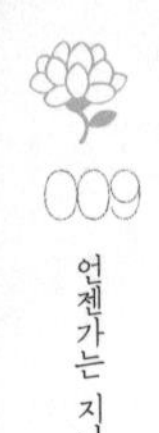

늙는다는 것은 실수와 허물만 남기는 것이다

제자들이 수피에게 여쭈었다.

"젊은 것과 늙은 것, 어느 쪽이 좋습니까?"

수피가 대답했다.

"늙는다는 것은 앞으로의 시간이 없으며 뒤로는 실수와 허물만 남기고 가는 것이다. 젊다는 것은 그 반대인데, 어느 쪽이 더 좋은지는 내가 세상을 떠나거든 그대들이 판단해 보거라."

실수와 허물을 남기지 않으려면 지금이 중요하다. 노년에 후회하면 늦다. 『탈무드』에는 "노인을 소중히 여기지 않는 젊은이에게 행복한 노후는 기다리고 있지 않다"고 쓰여 있으며, 중국에서는 "나이 든 말이 길을 잘 안다"는 속담을 즐겨 쓴다. 노인의 삶과 경험을 통해 젊은이들은 지혜를 얻을 수 있다.

인도의 시성 타고르는 "노년의 무르익은 아름다움, 그런 아름다움을 얻은 사람의 흰머리는 히말라야 봉우리의 만년설과 같다"고 했다. 히말라야 봉우리는 어떤가. 그 봉우리는 고요하고 평화롭고 거의 하늘에 닿을 만큼 솟아 있어서 누구나 고개를 숙인다. 그러므로 노년의 흰머리는 나이 듦의 표시가 아니라 삶에 대한 훈장인 것이다. 젊을 때부터 만년설이 될 수 있도록 차근차근 준비해야 할 것이다.

인디언 수우족의 늙은 추장 와바샤는 젊은이들에게 이렇게 말했다.

"젊었을 때 그대의 혀를 잘 지켜라. 그러면 늙어서 그대의 부족에게 도움이 될 한 가지 생각이 그대 안에서 익어 갈 것이다."

010

차곡차곡 마셔라

국어사전을 검색해 보면 '차곡차곡'은 물건을 가지런히 겹쳐 쌓거나 포개는 모양이라고 설명되어 있다. 그런데 이 단어가 차 마시는 자리에서 재미있게 사용되는 경우가 있다. 이 단어에 한자를 넣어 보면 동음이의어同音異義語가 된다.

즉, 차곡차곡茶穀茶穀이다. 그러면 이 뜻은 '차 마시고, 곡차 마시고, 차 마시고, 곡차 마시고'로 바뀐다. 아주 재치 있는 반전 아닌가. 어느 다인은, 차는 이런 순서로 마시는 것이라고 농을 하기까지 했다.

술에만 취하는 게 아니다. 차茶 또한 연거푸 몇 시간을 마시면 취한다. 차에 취하면 일어났을 때 비틀비틀 흔들리기도 하고 비몽사몽간에 잠도 오지 않는 증상이 생긴다. 이때는 와인 종류의 술을 마시면 맑게 깨어난다. 이를테면 술은 차독茶毒을 깨우고 차는 주독酒毒을 깨우는 셈이다. 다도茶道의 상차림에서는 서로 어울리지 않지만 해독 작용에서는 딱 맞는 궁합이다.

어쩌면 차곡차곡의 순서는 새로운 음주문화의 전형이 될 수도 있겠다. 왜냐하면 차를 먼저 마시고 술을 마시면, 덜 취하게 되고 그 아취도 달라질 것이기 때문이다. 이때는 어디까지나 차 마시는 일이 주체가 된다. 그렇지만 차곡차곡의 순서를 따르지 않으면 패가망신하기 쉽다. 술 마시고 차 마시는 '곡차곡차'는 술 마시는 일이 주체가 되므로 주정뱅이로 전락할 우려가 높기 때문이다.

주취酒醉보다는 다취茶醉가 훨씬 격조 있고 인격적이다. 이제부터 어떤 주류이든 차곡차곡 마셔 보길 권한다.

011

지금 멈추어라

한 방울의 독이 우유를 먹을 수 없게 만들듯이, 아무리 작은 거짓이라 하더라도 악행은 사람을 못 쓰게 만든다. 이는 착한 일 백 번 하는 것보다 나쁜 짓 한 번 안 하는 게 훨씬 훌륭하다는 가르침과 통한다. 그래서 불교수행의 첫 단계가 제악막작諸惡莫作이다. 나쁜 짓 하지 않는 것이 우선이며, 착한 일은 그 다음이다.

나쁜 행위는 자신뿐 아니라 우리 사회에도 치명적인 결과를 가져온다. 천국과 극락은 기부행위를 많이 하는 세상이 아니라 악심을 가진 이가 없는 세상이다. 만약 선행을 한다고 하더라도 악심을 지닌 채 한다면 그 행위가 면죄부는 될 수 없다. 왜냐하면 모래로 밥을 짓는 것과 같은 어리석은 행동이기 때문이다. 그러므로 착한 일 백 번 하는 것보다 나쁜 짓 한 번 안 하는 게 더 효

과적인 수행이다.

골프 운동에는 다음과 같은 격언이 있다.

"골프에서 승리는, 제일 멀리 친 사람이나 가장 멋진 샷을 날린 사람이 아니라 나쁜 샷을 적게 한 사람이 차지한다."

이 말을 신앙적으로 바꾸어 보면, 인생에서 승리는 선행을 많이 한 사람이 차지하는 게 아니라 악행을 적게 한 사람이 차지한다는 것 아니겠는가. 애써 착한 사람이 되려고 노력하지 않아도 된다. 악행을 멀리하는 것, 이것이 선행과 통해 있기 때문이다. 마치 석공이 돌의 필요 없는 부분을 쪼아 내어 모양을 만들듯이 나쁜 습관을 버리면 본래 성품이 드러난다.

따라서 지악止惡 없이는 권선勸善이 통하지 않는다. 도둑에게 착한 일 하라고 해서는 안 된다. 이때는 도둑질 안 하게 만드는 것이 최고의 착한 일이다. 자신에게 바꾸어야 할 악습이 있다면 지금 멈추어라. 길을 잘못 들었다고 생각해 보라. 가장 먼저 해야 할 일은 멈추는 것이다. 방향을 결정하는 것은 그 다음이다.

우리들의 일상에서 장점 열 개 지키는 것보다는 단점 하나를 고치는 태도가 더 중요하다. 지금 당장 실행해 보라.

애써 착한 사람이 되려고

노력하지 않아도 된다.

악행을 멀리하는 것,

이것이 선행과 통해 있기 때문이다.

마치 석공이 돌의 필요 없는 부분을 쪼아 내어

모양을 만들듯이

나쁜 습관을 버리면 본래 성품이 드러난다.

012

강을 거슬러 헤엄쳐야 한다

베이브 루스(Babe Ruth, 1895~1948). 메이저리그의 전설적인 홈런왕이며 미국 야구의 인기를 높이는 데 크게 공헌한 선수다. 뉴욕 양키스팀에서 주로 활약한 그는, 연간 홈런 60개의 신기록을 세웠고 통산 714개의 홈런을 쳐 내어 불멸의 야구선수가 되었다.

이런 화려한 경력을 지닌 그는 홈런왕이기도 했지만 동시에 삼진왕이기도 했다. 타석에 들어서면 세 번에 한 번꼴로 출루하지 못했던 것이다. 다시 말해 홈런보다는 삼진 아웃을 더 많이 당했다는 뜻이다. 이 때문에 그의 이름은 더욱 유명해졌으며, 그의 삶은 후인에게 희망의 전설이 되고 있다.

우리 인생에서도 한 번에 홈런이 나올 수는 없다. 수없는 실패와 좌절을 통하여 성공할 수 있다. 그러므로 실패도 성공의 과정이다. 유대인들은 기쁘고 영광스러운 날을 기념할 뿐 아니라 패배

했거나 굴욕스러운 날도 기념한다. 그들에게 실패는 무척이나 귀중한 교훈이기 때문이다. 인생길에서 실패만큼 좋은 스승과 학교는 없다.

어제 삼진 아웃을 당했다고 오늘 또 당하리란 법은 없다. 중요한 것은 타석에 들어서는 일이다. 타석에 들어서지 않는 자에게는 홈런 칠 기회도 주어지지 않으니까 말이다. 그러니까 시도하는 그 자체가 이미 성공을 위한 경험이다.

실패가 두렵다고 실패한 경험마저 방기放棄하면 안 된다. 우린, 실패를 통해 자신만의 역사를 갖게 된다. 강을 거슬러 헤엄치지 않는 사람이 어찌 물살의 세기를 가늠할 수 있겠는가.

미국의 텔레비전 선교사이자 목사로 잘 알려진 로버트 슐러는 이런 긍정의 메시지를 던진다.

"실패는 당신이 실패자임을 의미하지 않는다. 실패는 다만 당신이 아직 성공하지 못했음을 의미할 뿐이다."

013

그게, 인생의 슬픔이다

서재에 불상을 모실 정도로 불교에 심취했던 독일의 철학자 쇼펜하우어. 그의 명상록은 우리의 영혼을 울리는 현음絃音으로 가득하다. 말년에 그는 인생을 이렇게 회고했다.

"인생이란, 젊은이의 눈에는 끝없이 긴 미래로 보이며 늙은이의 눈에는 지극히 짧은 과거로 보인다. 젊은이의 경우에는 마치 쌍안경을 거꾸로 하여 사물을 보는 것과 같고, 늙은이의 경우는 쌍안경을 바로 보는 것과 같다. 그러므로 인생이 극히 짧다는 사실을 알려면 장수한 늙은이가 되어 보아야 한다. 인생의 모든 사물은 나이를 먹을수록 점점 꿈과 같이 덧없게 느껴지고, 허무와 무상이 뚜렷이 눈에 보이고, 마음에 스며들게 된다."

쌍안경을 거꾸로 하여 보면 사물이 실제보다 멀리 있는 것처럼 보이고, 바로 보면 실제보다 훨씬 가까워 보인다. 그래서 노년의 하루는 번갯불처럼 빠르다고 말하는 걸까.

팔순을 넘긴 어른들에게 지난날을 물어보면 그 세월이 잠깐이라고 대답한다. 마치 한바탕 꿈처럼 후딱 지났다는 듯 회한에 젖는 모습을 본다. 무상의 시간들이 노안老顔의 주름에 깊이 스며 있다. 그러나 젊은이들은 어떤가. 앞으로 30년 후를 생각하면 한없이 길게 느껴진다.

이것이 살아온 30년과 살아갈 30년의 차이다. 그러나 어쩌랴, 인생은 산 고개에 올라야 보이는 것을. 젊었을 때는 꿈에서라도 무상과 허무라는 단어가 떠오르지 않는다. 그러나 그것을 알게 되는 나이가 되면 이미 너무 늦다. 그게, 인생의 슬픔이다.

014

이 세상에 잠시 머물고 있다

어느 날 허리 굽은 노파가 와서 붓다에게 여쭈어 보았다.

"사람은 어디서 와서 어디로 가는 것일까요?"

그러자 붓다가 활활 타고 있는 불을 가리키며 다시 물었다.

"할머니는 이 불이 어디서 와서 어디로 간다고 보나요?"

"나무가 서로 스치듯 인연으로 불이 생긴 것이니까, 그 인연만 흩어지면 불은 꺼질 것입니다."

"그렇습니다. 가죽으로 된 북을 사람이 쳐서 소리가 나는 것과 같이 가죽과 사람의 손, 이것을 친다는 인연이 서로 화합하여 소리가 생기는 것이므로 그 소리는 실체가 없는 공空입니다."

폐차된 자동차는 어디로 돌아가는가? 각각의 부품이 모여서 자동차의 모습을 이루었듯이 다시 조립되기 이전의 상태로 돌아간 것이다. 이것을 두고, 어디서 왔다가 어디로 갔다고 규정할 수 있겠는가. 따라서 우리는 인연이 모여서 지금 잠시 이 세상에 머물고 있는 셈이다.

"태어날 때, 너희는 울음을 터뜨리고 세상은 기뻐했다. 죽을 때, 세상은 울음을 터뜨리고 너희는 기뻐하도록 그렇게 인생을 살아가라."

널리 알려진 인디언의 속담이다.

사람의 인연으로 살고 있는 이번 생生. 이 소중한 인연을 더 값진 삶으로 이끌어 갈 책임은 자신에게 있다.

015

벙커에 빠져야 묘미가 있다

골프를 즐겨 하는 마니아들은 미스 샷이 없으면 운동이 재미 없다고 말한다. 너무 완벽하면 긴장되지 않고 게임에 몰두할 수 없다는 것이다. 미국의 전설적인 프로골퍼 벤 호건은 "미스 샷에 대한 변명은 동료를 불편하게 만들 뿐 아니라 자신까지도 불행하게 만든다"고 충고했다. 결국 자신의 실수를 인정하고 미스 샷을 교정하려는 그 자체가 집중이며 묘미라는 뜻이겠다.

골프라는 스포츠에서는 공이 러프에 들어가기도 하고 벙커에 빠지기도 하며 해저드에 떨어져 타점 하나를 손해 볼 때도 있지 않은가. 어찌 장애 요소가 없기만을 바랄 것인가. 코스 홀마다 어려운 장애물이 없으면 오히려 단조롭다고 불평할 것이다.

인생도 이 같다는 생각을 해 본다. 살아가는 것 자체를 즐기면 장애를 만나도 적극 도전한다. 벙커에서 여러 번 탈출할수록 실력이 늘듯 장애를 통해 인생의 경험이 축적되는 것이다. 때론 인생의 맛은 장애물 때문에 더 확실한지도 모르겠다.

열악한 조건이나 불리한 환경이 오히려 우리 인생에서 약이 될 때가 많다. 유리할수록 교만해지고 과신하기 쉽다. 불리한 사람은 자신의 단점을 극복하려고 노력한다. 핸디캡이 오히려 그 사람을 성장시킨다. 그러므로 우리 삶에서 악조건이나 불리한 상황을 즐겁게 수용해야 한다. 영광의 역사든 모순의 역사든 인생사에서는 받아들이는 게 중요하다. 이를 일러 불교에서는 역경逆境 공부라고 부른다. 어쨌거나 약간의 고난이 삶에 좋은 교훈이 된다는 것은 확실하다.

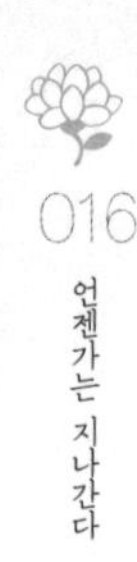

016

세상의 모든 것은 그 나름의 의미가 있다

13세기 이슬람의 시인이며 신비주의자인 메블라나 루미. 그의 낮고 소박한 음성은 항상 영혼에 휴식을 준다.

"낮과 밤은 겉으로는 적이지만 같은 목적에 이바지하고 있다. 서로의 일을 완성하기 위해 밤과 낮은 서로 사랑하고 있다. 밤이 없으면 인간의 본성은 아무 소득을 얻지 못하고, 따라서 낮에 소비할 것도 없으리라."

이 세상의 모든 것들은 다 그 나름의 존재 이유를 가지고 있다. 양극은 서로 대립하여 긴장을 유지하지만 서로의 존재를 보완해 주기도 한다. 그래서 양극이 존재할 때 이 세상은 제대로 기능한다.

선과 악이 그렇고, 밝은 면과 어두운 부분이 그렇고, 건강과

질병이 또한 그렇다. 서로가 영향을 주고받으면서 함께 공존한다. 이것은 이 세상의 양면성이며 실상이기도 하다. 그렇기 때문에 어느 한 단면만을 가지고 전체인 것처럼 잘못 알지 말아야 한다. 그리고 어느 한쪽만을 들어서 최고의 선善이라고 주장하지도 말아야 한다. 어둠이라고 반드시 나쁜 것이 아니다. 낮은 밤이 있기 때문에 더욱 의미 있다는 것을 명심해야 한다.

그러므로 자신의 삶에서 일어나는 크고 작은 일들은 그 나름의 메시지를 지니고 있는 것이다. 설령 불행한 일이라 하더라도 그 일이 일어난 데에는 분명한 이유가 있을 것이므로 그 일을 행로의 한 부분으로 받아들여라.

017

살아 있을 때 유익한 일을 하라

어느 날 돼지가 암소에게 다음과 같이 불만을 이야기했다.

"나는 왜 사람들에게 인기가 없을까? 사람들은 항상 너의 부드러움과 온화함을 칭찬해. 물론 너는 사람들에게 우유와 치즈를 제공하지. 하지만 나는 사람들에게 더 많은 것을 제공하잖아. 심지어는 내 발까지 주는데도 사람들은 여전히 나를 좋아하지 않아. 도대체 왜 그러는지 모르겠어."

잠시 생각에 잠겼던 암소가 말한다.

"글쎄다. 그것은 아마도 내가 살아 있는 동안에 유익한 것을 제공하기 때문일 거야. 자네는 죽은 후에 고기만 줄 수 있잖아."

유익한 일은 살아 있을 때 실행하면 더 고귀하고 아름답다. 송덕비는 생전에 그 사람이 남긴 공적의 기록이다. 죽은 다음의 공

적은 한 줄도 쓸 수가 없는 게 세상살이다. 여유 있기를 기다린 후에 남을 돕는다 하지만 그런 날은 없을지 모른다.

따라서 살아 숨 쉬고 있을 때 덕을 베풀고 선을 행해야 한다. 죽은 뒤에는 하고 싶어도 할 수 없다. 다음에 다음에 하면서 미루지도 말라. 그 다음보다 죽음이 먼저 올지 아무도 모른다.

오늘, 자신의 삶이 이웃에게 얼마나 유익한 일이 되고 있는지 살펴보라.

018

큰 나무는 그늘을 만든다

수피가 제자들과 숲 속을 걷고 있었다. 숲 속에서는 목수들이 땀을 흘리며 나무를 자르고 있었다. 수피는 그곳에서 잠시 쉬어 가기로 했고 일행은 아름드리 나무 아래에 자리를 잡았다. 그 나무는 숲에서 가장 키가 컸고 푸르고 아름답기까지 했다.

수피는 목수들에게 물었다.

"왜 이 좋은 나무는 남겨두는 겁니까?"

목수들의 대답은 이랬다.

"이 나무는 쓸모가 없기 때문이지요. 이 나무로는 가구도 만들 수 없고 땔감으로 쓸 수도 없어요. 도무지 쓰일 데가 없어요. 그래서 이 나무는 자르지 않는 것입니다."

수피가 제자들에게 말했다.

"자네들은 이 나무에게서 배우게. 이 나무처럼 쓸모없게 되면 누구도 그대들을 자를 사람이 없네."

진짜 큰 인물은 세상의 잣대로 잴 수 없다. 너무 커서 그 존재를 측량하기 어렵다. 그래서 어리석은 자들은 쓸모없는 인물이라고 평가한다. 오히려 자신을 너무 드러내거나 과시하면 해를 당하기 쉽다는 것을 알아야 한다.

입신양명立身揚名을 너무 기대하지 마라. 다 자라지도 못하고 잘려 나가는 나무처럼 상품화된 삶을 살는지도 모른다.

이와 관련하여 노자老子가 제자들에게 말했다.

"저 나무처럼 완전히 쓸모없게 되어라. 그러면 아무도 그대들을 해칠 수 없다. 그대들은 크게 자라리라. 수천 명의 사람들이 그대들 아래서 그늘을 발견하리라."

똑같은 바람이라 할지라도

마주 보고 맞으면 역풍이지만

뒤로 돌아서서 맞으면 순풍이 된다.

때론,

자신이 가진 상식이나 잣대를 돌려 보아라.

그러면 새로운 시각이 열린다.

하늘에서 재면 내 키는 크다

입적하신 법정 스님이 서울 봉은사에 살던 시절의 이야기다. 그 시대는 다리가 놓이지 않았던 때라서 봉은사가 있는 강남의 뚝섬까지 나룻배를 타고 왕래하였다고 한다.

어느 날 배를 타기 위해 헐레벌떡 선착장으로 달려갔는데 배는 이미 저만치 떠나고 있었다. 시계를 보니 정확하게 5분이 늦었다. 5분만 일찍 도착했더라도 배를 놓치지 않았을 것이다. 눈앞에서 멀어져 가는 배를 보면서 5분 늦은 상황에 자꾸 짜증이 나기 시작했다.

줄곧 머릿속에서는 '5분만 일찍 올걸!' 하는 생각이 떠나질 않았다. 배는 1시간 간격으로 출발하기 때문에 다음 배를 타려면 그 자리에서 55분을 더 기다려야 했기 때문이었다.

5분 일찍 도착하지 못한 아쉬움에 안절부절못하는 자신을 보면서 스님은 생각을 바꾸었다.

'차라리 55분 일찍 나왔다고 생각하자!'

이렇게 생각하기 전까지는 5분 때문에 마음을 졸였는데, 생각을 바꾼 뒤부터는 55분의 여유가 주어지게 되었다. 그래서 스님이 던진 위로의 한마디.

"오늘은 너무 일찍 나왔네."

사고의 전환은 삶의 태도를 바꾼다. 어느 쪽에서 보느냐에 따라 불행이 되기도 하고 기회가 되기도 한다. 고정된 인식을 뒤집을 때 인생은 달라진다. 무엇이든 기준을 정하는 일이 중요하다.

기준이 바뀌면 세상이 바뀐다. 우리의 몸을 두고도 크다거나 작다고 이야기하지만 그것은 특정한 기준으로 보았을 때의 판단이다. 우리 눈에는 코끼리가 거대해 보이지만 만약 공룡이 보았다면 작다고 생각할 것이다. 이처럼 어떤 입장이냐에 따라 상황이 달라진다.

똑같은 바람이라 할지라도 마주 보고 맞으면 역풍이지만 뒤로 돌아서서 맞으면 순풍이 된다. 때론, 자신이 가진 상식이나 잣대를 돌려 보아라. 그러면 새로운 시각이 열린다.

온 세상을 한 손에 쥐려 했던 나폴레옹의 명언도 다음과 같다.

"내 키는 땅에서 재면 작지만, 하늘에서 재면 누구보다 크다."

020

정치가는 게와 같다

세 명의 정치가들이 바닷가를 걸으며 강력한 정치적 세력과 싸울 전략을 세우고 있었다. 이들은 그곳에서 게를 잡고 있는 한 어부를 보았다. 어부는 잡은 게를 버드나무 가지로 엮은 바구니에 넣었다. 정치가 한 사람이 그 바구니를 들여다보고는 경고하듯 말했다.

"여보시오. 바구니 뚜껑을 닫는 것이 좋겠소. 그렇지 않으면 게들이 기어나와 도망가 버릴 거요."

그러자 어부가 말했다.

"뚜껑은 필요 없답니다."

어부의 말에 정치가가 어이없다는 듯 말했다.

"그럼, 도망가도 좋다는 말이오?"

이때 어부의 촌철살인 한마디.

"이 게들은 정치가로 태어났는데 한 마리가 기어오르려고 하면 다른 놈들이 가만두지 않습니다. 어김없이 그놈을 끌어내리니까요."

어디 정치가들뿐일까. 누구나 남이 잘되는 꼴을 못 본다. 서로 시기하고 모함하기 바쁘다. 앞서 가려 하면 발을 내밀어 넘어지게 하거나 이유 없이 딴죽을 걸기도 한다. 그렇게 서로 물고 물리는 게 세상사다. 중상모략하고 시샘하기 좋아하는 우리 세태에 대한 기막힌 풍자다.

021 사람은 떨어져 보아야 곱다

이스라엘의 벤 엘라이더는 18세기 폴란드에 살았던 유대교의 위대한 사상가. 그는 이와 같은 말을 남겼다.

"사람이 연못가에 서서 물속을 들여다보면 처음에는 자기 모습이 크게 비친다. 그러나 점점 허리를 구부리면 자기 모습은 조금씩 작아져 간다. 어떤 인간이라도 가까워지면 다 보이지 않고 작아지는 것이다. 남과 비교하여 자신이 작아 보이는 것은 자신을 너무도 잘 알기 때문이 아닐까?"

어느 책을 보고 모델과 화가 사이에 적당한 거리가 있다는 것을 알았다. 그 사람 키의 두 배쯤 떨어진 곳에 모델을 세워야 그림이 잘 나온단다. 그 정도의 거리가 모델을 객관적으로 볼 수 있는 거리라고 한다. 즉, 사람을 잘 살필 수 있는 거리는 상대방 신장의 두 배쯤 떨어진 곳이 가장 적절하다는 것이다.

사람은 적당히 떨어져 바라볼 때 신비롭고 아름답다. 너무 가까이 있으면 전체도 다 볼 수 없을뿐더러 때론 실망도 하게 된다. 꽃은 들여다볼수록 아름답지만 사람은 저만치 떨어져 보아야 곱다. 이 도리를 옛 사람들은 알았던 걸까. 선비들은 미인을 볼 때 달빛 아래 주렴 사이로 보아야 자태가 더 곱다고 했다.

너무 가깝지도 않게, 그렇다고 너무 멀지도 않게 사람과 사물을 바라보라. 그러면 언제나 변하지 않는 관심과 기쁨을 유지할 수 있다.

022

주인 눈썹에 달렸네

조선 중기 문인 이달李達의 시詩에 이런 구절이 있다.

"나그네 떠나고 머무는 것, 주인 눈썹 사이에 달렸네."

주인이 눈썹을 찡그리면 객은 눈치를 보며 머물지 못한다. 그러니 주인의 눈썹은 친절의 바로미터다. 싫은 기색 없이 손님에게 베푸는 것이 주인의 넉넉한 심덕이다.

손님들 앞에서 법문 한마디 못하고 법당에서 그 흔한 염불 한 자락 못해도 인품이 아름다운 어느 스님을 알고 있다. 그분은, 사람이 오면 따뜻하게 밥상을 차려 내놓는 일이 전부였고, 또한 떠날 때는 떡 한 개라도 싸서 보내는 일이 일과였다. 세월이 흐르면서 그 마음이 법문 몇 마디보다 더 사람을 감동시켰고 절 인심은 염불 소리보다 더 널리 퍼졌다. 그래서 그이 곁에는 언제나 사람이 많다. 그 스님을 통해 식객을 잘 대접하는 일이 인복人福을 짓는 일임을 알았다.

그 어떤 종교보다 위대한 것은 바로 친절이다. 인디언들에게는 가장 성스러운 종교가 '감사'라고 한다. 누구나 친절과 감사를 잃지 않으면 어디에 머물건 그 사람 주변에는 사람이 모인다.

"친절한 말은 짧고 쉽게 할 수 있는 것이지만 그 메아리는 끝없이 울려 퍼진다."

이는 평생 봉사와 헌신의 삶을 살았던 테레사 수녀님의 법어이다.

023

거꾸로 사는 것이 불교다

가야산 백련암에서 '산은 산, 물은 물'이라는 설법을 하여 세상에 이름이 알려진 성철 스님에게 누가 물었다.

"어떤 것이 불교입니까?"

"세상과 거꾸로 사는 것이 불교입니다."

세상과 거꾸로 살아야 즐겁다. 남이 하는 것을 따라 하면 늘 부족하다. 모방적이고 타성적인 삶은 올바른 길이 아니다. 흔히 죽음을 일러 '돌아갔다'고 표현한다. 죽음이 본래의 자리로 돌아가는 것이라면, 역설적이게도 살아 있는 자들의 삶은 엉뚱한 길을 걷고 있다는 것이다. 누구나 죽음이 닥치기 전에는 잘못된 인생길에서 돌아서지 못하고 있다.

그래서 거꾸로 살아야 올바른 길이다. 세상 사람들이 욕심을 내면 나는 욕심을 버리면 되는 것이고, 남이 화를 내면 나는 웃으면 되는 것이다. 우리들 대부분이 잘못된 길을 가고 있으니, 그 길과 반대로 사는 것이 부처의 삶이다. 나를 떠나 남을 위해 사는 것이 세상과 거꾸로 살아가는 지름길.

그러므로 세상과 거꾸로 사는 것은, 부분적인 자기에서 전체적인 자기로 전환하는 것을 말한다. 남들이 좇아가는 삶의 방식과 거꾸로 사는 게 불교 수행의 핵심이다.

청대淸代의 유일명(1734~1821)도 다음과 같은 말을 남겼다.

"좇아가면 보통 사람이 되고, 거스르면 신선과 부처가 된다."

존중으로 마중하고
존중으로 배웅하라

이 세상의 스승들은 정원에 핀 꽃들과 같다.
누구나 그 향기를 만끽하면 된다. 어느 꽃이 아름답다고
다투는 것은 정원에 초대받은 손님의 예의가 아니다.
그래서 어떤 종교가 더 위대하고 어떤 신앙이 더 우월한지,
다툴 필요가 없는 것이다.

욕심의 결과는 제자리걸음이다

한 노인이 선착장 끝에 앉아 낚시질을 하고 있었다.

지나가던 이웃이 묻는다.

"몇 마리나 낚았소?"

"글쎄요……."

"그래도 낚은 것이 있을 게 아니오?"

노인이 잠시 생각에 잠기더니 말했다.

"지금 입질하고 있는 요놈에다 두 마리를 더 잡으면 나는 세 마리를 잡게 되는 거요."

한 마리도 못 잡으면서 두 마리나 낚을 욕심 때문에 결국은 그 하나도 놓치고 말 상황이다. 이런 경우가 너무 많다. 지나친 욕심의 결과는 늘 제자리걸음이다.

우리 삶에서 보다 현명한 태도는 목표를 가지고 열심히 살되 애착하지 말아야 한다는 것이다. 열심히 사는 것은 좋지만 그것이 애착이 된다면 고통의 원인이 되기 쉽기 때문이다. 붓다는 고통의 원인은 갈애에 있다고 규명했다. 즉, 어떤 대상에 대한 멈출 줄 모르는 갈증이 결국에는 탐욕을 부른다.

생각해 보라. 명예나 재산, 사랑과 수명에 대하여 끊임없이 목마르기 때문에 언제나 만족스러운 상태가 되지 못한다. 그래서 더 집착한다. 만족이란 갈증을 해소하는 것을 의미한다. 그렇지만 그 해소는 언제나 상대적인 것이어서 스스로 만족의 수치가 되기는 어렵다. 예나 지금이나 큰 욕심은 더 큰 갈증을 동반하는 법이다.

025

나 혼자 동냥할 것이다

인도의 큰 사원 앞에서 동냥하고 있는 거지에게 물었다.

"당신에게 많은 돈을 준다면 무엇을 하겠는가?"

"사원을 짓겠습니다."

"무슨 이유인가?"

"그 사원 앞에서 저 혼자 동냥할 것입니다."

이렇게 말하며 거지는 흐뭇해하였다.

거지의 마음도 이렇다. 동냥을 독차지하고 싶은 마음만 간절하다. 작은 이익에 매몰되면 커다란 안목이 열리지 않는다. 당장 손해 보는 듯해도 결과적으로는 이익되는 일이 많다. 특히 선행과 자비의 씨앗이 먼 훗날 어떻게 발아될지는 짐작할 수 없다. 그러므로 미래를 위해 복을 쌓아야 한다.

인간에게는 물질적인 욕구만으로 채워질 수 없는 다양한 가치가 있다. 인간은 도덕적 존재이기도 하면서 심미적 존재이기도 하고 또한 종교적인 존재이기도 하다. 이런 인간의 욕구가 균형 있고 조화롭게 채워져야 삶의 질과 가치가 높아진다. 모든 일을 경제 논리로만 따지면, 보이지 않는 더 많은 것을 잃게 된다.

명심하고 또 명심하라.

판단하면 스스로 괴롭다

중국 선종의 3조祖 승찬僧璨 대사의『신심명信心銘』은 그 문장이 간결하면서도 불교의 핵심을 잘 담고 있어서 출가한 이들에게는 필독서다. 그 책, 첫 장은 이렇게 시작된다.

부처 되는 것이 그리 어려운 일 아니다.
오직 한 가지, 분별만 하지 않으면 되는 것이니,
즉, 싫어하고 좋아하는 일을 그만둔다면
모든 것이 환하게 밝아지리라.

불교의 요점이 이 문장에 잘 표현되어 있다. 원문에는 분별을 '간택揀擇'이라 쓰고 있는데, 자기의 기준으로 가려서 판단한다는 의미다.

이 법문을 달리 요약해 보자. '성인이 되는 것 별것 아니다, 분별만 하지 않으면 된다, 그런데 왜 그게 되지 않을까? 그것은 마음에 증애憎愛가 있기 때문이다, 그 좋고 싫어하는 마음만 없으면 스스로 편안해진다'는 뜻이다.

이른바 중도中道의 삶을 권하고 있는 것이다. 중도는 평등이다. 획일적 평등이 아니라 차별적 평등이다. 그래서 진정한 평등은 차별을 수용하고 인정하는 것이다. 이러한 평등이 이루어지기 이전의 마음은 판단이다.

우리 삶에서 판단하지 않으면 고통이 없다. 판단하지 말라는 말에 속으면 근본 뜻에 나아갈 수 없다. 이는, 고목처럼 살라는 것이 아니라 집착하지 말라는 뜻.

예를 들어 노란 꽃, 붉은 꽃은 현상적인 차별은 있지만 본질적으로는 하나의 꽃이다. 그래서 무심해야 한다. 무심에는 분별이 없기 때문이다. 그럴 때 비로소 꽃잎 하나하나가 아름답게 다가온다. 평등하게 보라! 그러면 이 세상을 무대로 멋지게 살 수 있다.

어느 길이 쉬운가?

어떤 사람이 낙타에게 물었다.

"오르막이 좋으냐, 내리막이 좋으냐?"

낙타가 대답했다.

"오르막길이냐 내리막길이냐는 문제가 아니다. 중요한 것은 짐이다."

이슬람 수피우화에 실려 있는 내용이다.

저 사막을 횡단하는 낙타에게 짐이 없다면 얼마나 발걸음이 가벼울까. 인생에서도 어떤 모습으로 살고 있느냐가 아니고 어떤 마음으로 사느냐가 중요할 때가 많다. 마음의 짐이 무거우면 인생길이 힘들다. 살아가는 일이 자꾸 짐을 만들어 가는 것은 아닌지 되돌아보게 된다. 욕망을 가볍게 하는 게 삶의 목적이 되어야 한다.

탐욕의 기준은 무엇일까. 따져 보지 않아도 분수 밖의 욕구가 탐욕이다. 자신의 처지나 분수를 생각하지 아니하고 욕심을 내는 것은 보기에도 좋지 않다. 그래서 탐욕이 많은 사람은 이익을 추구하는 일이 많기 때문에 근심도 많지만, 탐욕이 적은 사람은 기를 쓰고 차지하려고 애쓰지 않기 때문에 걱정이 적다.

그대들 어깨의 짐이, 탐욕에서 비롯된 것은 아닌지 바라보라.

힘을 빼라

'아시아의 물개'라는 별명으로 우리와 더욱 친숙했던 고故 조오련 선수. 어느 날 텔레비전에 출연한 그가 이런 말을 했다.

"내가 50년 동안 운동을 해 보니 연습이라고 하는 것은 힘을 빼는 것이더라. 힘을 뺀다는 것은 마음의 평정을 잃지 않는다는 것이다."

이 말이 그에게는 마지막 임종게臨終偈로 남았다. 마치 선사처럼, 50년 수련의 비법은 다름 아닌 힘을 빼는 것이라는 법문을 남긴 셈이다.

힘을 빼야 좋은 게 어디 운동뿐일까. 살아가는 방식에 있어서도 힘을 빼야 한다. 힘을 뺀다는 것은 부드러워진다는 의미다. 활이 화살을 멀리 날리는 힘은 완력이 아니라 탄력이다. 결국 유柔가 강强보다 한 수 위가 아니던가. 그 힘을 부드럽게 했을 때 그 분야에서 고수高手가 된다. 그렇다면 우리 삶에서 힘을 빼는 일은 겸손과 감사다.

자신에게 겸손할 줄 알고 타인에게 감사할 줄 안다면, 그 사람은 존경받아 마땅하다. 자신의 삶에서 독선과 교만의 힘을 빼기란 쉽지 않다. 우린, 그 연습을 해야 한다.

적당한 비유일는지 모르지만 20세기 가장 영향력 있는 영국작가인 체스터틴이 이런 말을 했다.

"천사가 날 수 있는 것은 스스로를 비워 가볍기 때문이다."

매일매일 가벼워지기 위해서는 스스로 아만을 비울 때 가능하다.

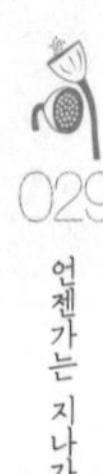

돌아서서 버려라

『율장』에는 붓다에 관한 이런 일화가 있다.

어느 때, 마을로 탁발을 나갔던 제자가 금덩이 하나를 발우에 담아 왔다. 아마도 그 마을의 부자가 익명으로 보시한 것이리라. 그 금덩이를 어쩌지 못하여 붓다에게 상의했을 때 붓다는 담 너머에 버리라고 했다.

그런데 금덩이를 갖다 버린 수행자가 날마다 금덩이 버린 곳으로 가서 금덩이가 그 자리에 있는지를 확인하는 것이었다. 버리긴 했지만 자신도 모르게 착심着心이 생겼기 때문이다.

붓다는 궁리 끝에 제자 가운데 정인(淨人: 물욕이 없는 수행자)을 골라 멀리 갖다 버리라고 명한다. 그때 붓다는 버리는 방법과 장소를 구체적으로 일러주었다.

"저 갠지스 강의 물살이 가장 세고 물길이 가장 깊은 곳에 버려

라. 버릴 때는 반드시 뒤쪽으로 던져야 한다."

이는, 어느 지점에 던졌는지 본인도 모르게 하기 위한 것이며, 설령 기억한다 하더라도 물살에 떠밀려 금덩이가 사라지도록 하라는 지시였다. 착심의 원인을 없애겠다는 뜻.

붓다는 이렇게 제자들에게 무소유와 청빈을 강조했다.

무소유와 청빈은, 뜻은 비슷하지만 그 성격이 약간 다르다. 청빈은 강요와 절제지만 무소유는 자율과 지성이다. 그런 점에서 무소유에 대한 마하트마 간디의 정의는 천금 같다.

"무소유란, 오늘 우리에게 필요 없는 것을 지니지 말아야 한다는 뜻이다."

일등인은 앉아서 맞이하라

조주趙州 땅 동쪽 관음원에 머물렀던 종심(從諗, 778~897) 선사. 조주라는 이름으로 널리 알려진 그는 120세까지 장수하면서 수행했던 대표적인 인물이다. 그래서 사람들은 그를 '고불古佛'이라 칭송했다.

이 조주 스님에게 연왕燕王과 조왕趙王이 전쟁하기를 그만두고 찾아온 적이 있었다. 두 왕이 수레를 끌고 절 안에 들어섰지만 조주 스님은 자리에서 일어나지 않았다.

이를 보고 연나라 왕이 물었다.

"사람의 왕이 높습니까, 법의 왕이 높습니까?"

"사람의 왕이라면 많은 사람 가운데 높고, 법의 왕이라면 법 중에서 높습니다."

이런 대화를 마치고 두 사람은 절에서 하룻밤을 머물며 많은 법문을 들었다.

다음 날, 두 나라 왕이 돌아가려고 하는데 연나라 왕 휘하의 선봉 장수가 조주 스님에게 칼을 차고 들이닥쳤다. 어제 두 왕을 앉아서 맞이했다는 사실에 격분해서 버릇을 고쳐 주겠다고 찾아온 것이었다. 이 소식을 전해 들은 조주 스님이 밖으로 나가서 맞이하니 장수가 의아해서 물었다.

"어제는 두 대왕이 오는 것을 보고도 일어나지 않았다 하더니, 오늘은 어째서 제가 오는 것을 보고 일어나서 맞아 주십니까?"

"그대가 두 대왕만 같다면 노승도 일어나서 맞이하지는 않았을 것이오. 그대는 여기 나를 모르시는가? 나는 하급의 사람이 오면 절 문까지 나가서 맞이하고, 중급의 사람이 오면 선상禪床에서 내려가 맞이하고, 일등의 사람이 오면 선상에 앉은 채로 맞이하오. 대왕을 중급이나 하급 사람이라 부를 수 없으니 대왕을 욕되게 할까 두렵소."

이 말을 듣고 장수는 세 번 절하고 물러갔다.

오늘날의 우리들은 어떤가? 일등인을 맞이하기 위해 문 밖으로 멀리 나가고 있지는 아니한가. 또한 권력자 앞에서 너무 비굴한 행동을 보이고 있는 것은 아닌지 반성해 볼 일이다.

그리고 사람을 보는 안목에 대해서도 생각해 보아야 한다. 자신의 판단이나 결정이 절대적이라는 오만을 버려야 저 장수와 같은 실수를 하지 않을 것이다. 그 사람의 한 단면을 그 사람의 전부라고 속단하지 말라. 한 사람의 인품과 학식은 단숨에 구별하기 어렵다는 것을 명심하자.

자신의 판단이나 결정이 절대적이라는 오만을 버려야 한다.

그 사람의 한 단면을 그 사람의 전부라고 속단하지 말라.

한 사람의 인품과 학식은

단숨에 구별하기 어렵다는 것을 명심하자.

특혜를 누리지 않겠노라

붓다의 십대제자로 꼽혔던 아난阿難은, 붓다의 사촌 동생이면서 약관의 나이에 출가하여 오랜 세월 붓다 옆을 떠나지 않았다. 그는 키가 훤칠하고 피부가 깨끗했으며 음성이 부드러웠다. 이러한 외모와 여린 성품 때문에 때로는 여성들로부터 연정戀情을 받기도 했지만 언제나 고요하고 맑은 수행자의 모습을 잃지 않았다.

그는 나이 25세 때 붓다의 시봉자侍奉者로 발탁되었다. 지금으로 치면 비서실장쯤 되는 소임이다. 그는 시자로서 세 가지 원칙을 대중에게 공포하였다. 이른바 '시자론論'이다.

첫째, 어른을 위해 마련한 공양 자리에는 배석하지 않겠다.

둘째, 어른이 입던 옷은 가지지 않겠다.

셋째, 공무公務 시간이 아니면 어른 옆에 머물지 않겠다.

아난은 이 세 가지 원칙에 철저했다. 이는, 비서실장으로서 그 어떤 권력을 행사하거나 특혜를 누리지 않겠다는 자정선언. 어른을 모시는 위치에 있는 이들은 깊이 새겨야 할 대목이다.

그러나 그는, 법석法席에는 반드시 참석하여 붓다의 가르침을 듣고 기억했다. 그래서 후인들은 그를 '다문제일多聞第一'이라 불렀으며, 그의 명석한 기억력은 경전을 편찬할 때 결정적인 기여를 하게 된다.

교단의 반역자로 알려진 그의 형 데바닷타와는 대조적 삶을 살았던 아난. 그는 붓다의 열반을 지켜보며 "지금까지 그랬듯이 새벽에 물 바치고 저녁에 자리 펴 드리던 스승이 이제는 계시지 않게 되는구나" 하면서 슬퍼했다. 오늘날, 권력자의 주변에 있는 이들은 아난의 원칙을 배워야 한다.

가난을 선택했는가?

붓다의 또 한 사람의 뛰어난 제자, 가섭迦葉. 그는 수행하기를 즐겨 하여, 부모님의 뜻을 거역할 수 없어 결혼하지만 아내와 따로 방을 쓰면서 청정행을 하였을 정도다. 마침내 부친이 세상을 떠나자 아내를 설득하여 동반 출가를 감행했다.

이러한 구도자적 자세 때문이었을까. 그는 붓다의 상수上首 제자로 존경받았으며, 붓다 열반 후 교단을 모범적으로 이끌었다.

그는 두타행頭陀行을 실천했던 제자로 유명하다. 두타란, 탐욕과 번뇌를 털어 버린다는 의미로 검소한 생활을 총칭하는 말이다. 그래서 가섭은, 한 벌의 누더기에 의지하여 걸식을 통해 생활하고 나무 아래나 묘지에서 정진하였으며, 인정人情을 멀리하기 위해 수행할 때 한 곳에 오래 머물러 있지 않았다. 그래서 그는 늘 절을 떠나 구름처럼 외롭게 떠돌며 행각行脚하길 좋아했다.

붓다는 그런 가섭이 안쓰러워 보였던지 마주 앉았을 때 물었다.

"가섭이여! 그대도 이제 늙었으니 두타행을 그치고 몸을 돌보는 것이 어떤가?"

"저는, 고통을 견디면서 억지로 두타행을 하는 것이 아니라 이런 삶을 행복하게 즐기고 있습니다."

청빈과 검약도 남을 위해 실천하면 스트레스지만 스스로 즐기면 만족이다. 가난한 삶도 즐거워야 한다. 우린, 선택되어진 가난인지 선택한 가난인지 물어볼 필요가 있다. 선택한 가난은 만족이지만 선택되어진 가난은 불만족이기 때문이다.

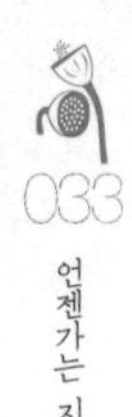

꽃을 던져도 즐겁지 않더라

세인들에게 널리 알려진 반야심경. 이 경에 등장하는 주인공은 사리불舍利弗이다. 붓다는 그를 사리자舍利子로 부르면서 화자話者로 삼아 법문하길 좋아했는데 그 가르침을 정리한 것이 불멸의 베스트셀러, 반야심경이다.

사리불은 이미 출가한 상태였지만 붓다를 만나 가치관이 바뀌게 된다. 그는 붓다보다 나이가 많은 제자였으며, 스승보다 먼저 열반에 들게 된다. 사리불이 등장하는 그림을 보면 하얀 수염을 지닌 노인으로 표현되고 있는데 이러한 세납世臘의 반영이다.

그렇지만 사리불은 항상 붓다를 향해 합장하는 모습으로 그려지고 있다. 비록 육신의 나이는 많았지만 스승을 존경하는 마음은 변함이 없었던 까닭이다. 육신으로 살아온 세월보다 법신法身으로 살아가는 삶이 소중하다는 것을 깨달았기 때문이었다.

이웃의 할아버지처럼 넉넉한 인품은 그의 일상에서도 잘 나타나 있다. 어떤 젊은 수행자가 그를 모함하고 비난했을 때 그는 미소를 잃지 않고 붓다에게 이렇게 말했다.

"제 마음은 마치 대지와도 같아서 나를 향해 꽃을 던져도 즐겁지 않고 쓰레기를 쌓아 두어도 불쾌하지 않습니다. 또한 저는 출입문의 깔개와 같아서 거지가 밟거나 뿔이 부러진 황소가 밟아도 조금도 마음 쓰지 않습니다. 설사 그보다 더한 일을 당한다 해도 조금도 구애받지 않을 것입니다."

칭찬에도 흔들리지 않고 비방에도 흔들리지 않았던 수행자. 이 세상에서 원한은 원한으로 갚을 수 없다, 오직 원한은 용서로써 그치는 것이라는 붓다의 진리를 몸소 보여 준 성자.

집안의 조부祖父가 떠났을 때 손자는 그 빈자리를 더욱 절감하는 법이다. 붓다도 그런 심정이었을까. 사리불이 세상을 하직한 뒤 붓다는 제자들 앞에서 "절집이 텅 빈 것같이 쓸쓸하구나"라며 장로長老의 빈자리를 아쉬워했다.

관 안에만 있지 않으면 된다네

나스레딘 호자는 13세기 터키 땅에서 살았던 인물이다. 그는 번득이는 재치와 해학으로 인간의 본성을 지적하는 일화를 많이 남겼다.

마을 사람들이 호자에게 물었다.

"장례 행렬을 따라갈 때, 우리는 어느 쪽에 서서 걸어가야 합니까? 관의 오른쪽입니까, 관의 왼쪽입니까?"

호자가 대답했다.

"관 안에만 있지 않으면 어느 쪽이든 상관없네."

이렇듯 종교적 절차나 세속적인 형식을 너무 고집하면 그 행사의 본질을 망각하게 된다. 중요한 것은 그 행사를 즐기는 것이고, 더 중요한 것은 살아 있다는 사실이다.

잠시 동안 숨을 멈추어 보라. 심장이 터질 것 같지 않은가. 혹은 코를 막고 호흡을 정지해 보라. 3분도 못 견디고 가쁜 숨을 몰아쉴 것이다. 그렇다면 지금 숨 쉬고 있는 일이 얼마나 중요한지 알 것이다. 즉, 살아 있는 이 순간이 기적이다. 우리에겐 날마다 기적이 일어나고 있다.

관 안에만 누워 있지 않으면 그 어떤 기적이라도 스스로 만들 수 있는 것이다. 현재 시점에서 중요한 것은 간절한 삶이다. 지금 이 순간에 집중하라. 미래와 과거에 대한 답이 모두 여기에 있기 때문이다.

존중으로 마중하고
존중으로 배웅하라

이웃 종교의 십자가 앞에서 가사를 입었다. 지난 초파일에 신부님이 불상 앞에서 합장하였으니, 이번엔 그 답례였다.

종교를 떠나 성인의 탄생은 세상에 등불을 밝힌 것이나 마찬가지. 어두운 세상에 등불이 하나만 있다면 구석진 곳을 다 밝힐 수 없다. 그래서 나에게도 충분한 축복이다.

종교는, 존중으로 마중하고 존중으로 배웅해야 한다. 다른 종교를 그저 관용으로 대하는 것은 충분한 예의가 아니다. 진실한 종교는 지역적인 한계도 없어야 하지만 사상적인 한계도 넘어야 서로 어울릴 수 있다.

성탄절 축사는 요한의 첫째 편지 4장 12절 구절을 인용했다.

"아직까지 하느님을 본 사람은 아무도 없습니다. 그러나 우리가 서로 사랑한다면, 하느님께서 우리 안에 계시고 또 하느님의 사랑이 우리 안에서 완성될 것입니다."

우리 모두는 이름이 다른 하느님이다. 부처는 고유명사가 아니라 일반명사. 그러므로 누구나 욕심을 버리면 스스로의 부처님을 만나는 것이다. 이처럼 하느님의 사랑을 실천하면 우리 안의 그분을 만나는 것이 아니던가. 부처님을 믿고 예수님을 믿으면 안 된다. 그분들의 가르침을 믿어야 우상이 아니다.

강원도 원주에서 교육자로 활동하면서 천주교에 의지한 삶을 살았던 장일순 선생은 이런 말을 남겼다.

"예수를 패턴화하지 마라. 예수의 이름이 중요한 게 아니다. 예수의 이름이 개똥이였다면 모두들 개똥이라고 불렀을 것 아닌가. 예수가 되고 예수처럼 살아라."

지나친 교조주의에 빠지면 그 사상을 바로 보지 못한다. 그런데 지금은 그분의 가르침보다는 그분만을 믿는 자들이 더 많다. 라즈니쉬의 말처럼 '종교가 아닌 종교성'을 배워야 한다. 이 세상의 스승들은 정원에 핀 꽃들과 같다. 누구나 그 향기를 만끽하면 된다. 어느 꽃이 아름답다고 다투는 것은 정원에 초대받은 손님의 예의가 아니다. 그래서 어떤 종교가 더 위대하고 어떤 신앙이 더 우월한지 다툴 필요가 없는 것이다. 종교보다 종교성이 중요한 이유가 여기에 있다. 우리 신앙인들이 각자의 경전 앞에서 돌아보아야 할 일이다.

문제의 핵심으로 들어가라

8세기 중국에서 최초로 '하루 일하지 않으면 하루 먹지 않는다'는 수도자의 청규를 제창한 당대唐代의 인물, 백장百丈 선사. 그가 머물던 사찰의 주지를 뽑을 때 정병淨甁을 땅 위에 놓고 이런 문제를 냈다.

"이것을 정병이라 불러서는 안 된다. 너희는 무엇이라 부를 것인가?"

어느 수좌가 성큼 나와서 "나막신이라고 할 수 없습니다"라고 하였다.

이 수좌는 불합격.

그 옆에 있던 위산(潙山, 771~853)에게 다시 물었을 때, 위산은 자리에서 일어나 정병을 발로 차고 돌아갔다.

이에 백장이 웃으며 "주지는 저이의 자리다"라고 말하였다.

이 일화는 선종의 제일서第一書라 할 수 있는 『무문관無門關』 제40칙에 실려 있다. 마치 3차원 같은 이런 문답과 행동이 선어록에는 자주 등장한다.

위산이, 병을 차 버린 것은 문제를 원점으로 돌린 것이다. 문제 자체를 없애 버렸으므로 뭐라 이름 붙일 이유도 없다. 이는, 흙덩이를 쫓아가는 게 아니라 흙덩이를 던진 사람을 물어 버린 격이다. 지금 진퇴양난의 시점에서 갈등하고 있다면, 고민 그 자체에서 자유로워진다면 해답이 보일지도 모른다.

개인의 고민은 누가 만들어 준 것보다는 자신이 선택하는 경우가 더 많다. 그렇다면 자승자박에서 벗어나 보라.

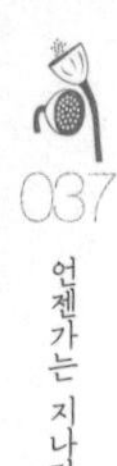

이것도 답 아니고
저것도 답 아니다

위앙종潙仰宗을 열었던 위산潙山의 법을 전수한 향엄(香嚴, ?~898) 선사. 이른 아침, 많은 제자들을 모아 놓고 문제를 하나 던졌다.

"그대가 나무 위에 올라가 손으로 가지를 잡지 않고, 발로도 나무를 밟지 않고, 오직 입으로만 나뭇가지를 물고 있을 때, 어떤 사람이 나무 밑에서 불법의 참뜻을 물어보면 어떻게 하겠느냐? 이때에 대답하지 않는다면 그 사람의 물음을 어기게 되고, 대답하고자 하면 곧 떨어져 죽게 되니 바로 이런 때, 그대들은 어떻게 하겠는가?"

여기서는 제아무리 변재를 지녔다 하더라도 말문이 꽉 막힌다. 설사 팔만대장경을 독파했다 하더라도 이에 대한 모범 답안은 없다. 이래도 답이 아니고 저래도 답이 아니다. 이 같은 모순을 선문답禪問答에서는 '촉배觸背'라 한다. 저촉되지 않고 어기지 않는 것이 무엇일까.

먼 후일, 송나라의 무문 선사가 여기에 관해 이렇게 힌트를 주었다.

"수행자들의 입을 틀어막아 놓고서, 온몸에 귀신 눈이 튕겨 나오게 한다."

여기에서의 '귀신 눈鬼眼'은 일체를 볼 수 있는 눈을 의미한다. 즉, 이 문제에 대해 바른 답을 할 수 있으면 깨달음의 안목이 열린다는 뜻. 그렇다면 지식과 분석으로는 풀 수 없는 문제임을 알겠다. 우리 집안에는 이런 고약한 문제를 내는 노옹老翁들이 많다.

이런 다급한 상황에서는 인생의 근원을 물어야 시원한 답이 나온다. 묻지 않고는 결코 그 해답을 끌어낼 수 없다.

그러나 시험지를 너무 붙잡고 있지는 말길. 답을 맞히는 게 문제가 되면 정답과는 더욱 멀어진다. 나 같으면 그냥, 문제지를 확 찢어 버리겠다. 이를테면 일탈과 파격도 질문에 대한 정답일 수 있다.

문제에서 자유로워져야 한다

중국 당대의 고승 보원普願 선사와 고위 관리였던 육긍(陸亘, 764~834) 사이에 있었던 대화는 매우 유명하다. 소설가 김성동의 '만다라'를 통해 소개되었기 때문에 누구에게나 익숙해져 버린 화두다.

이야기는 차 한 잔을 나누는 자리에서 시작된다. 일종의 수수께끼 내기였다.

"옛날에 어떤 농부가 병 속에 거위 한 마리를 길렀는데, 자라면서 몸이 커져 나오지 못하게 되었다. 병은 깨뜨릴 수 없고 거위를 죽일 수도 없으니 어떻게 해야 꺼낼 수 있겠는가?"

흔히, 거위를 새로 바꾸어서 '병 속의 새'라고 말한다. 어떻게 하면, 병을 깨지 않고 새를 꺼낼 수 있겠는가?

이런 경우 보통 딜레마가 아니다. 새도 살리고 병도 깨지 않을

묘수가 없을까. 우리 삶에서는 이런 양극의 문제를 해결해야 할 일이 허다하다.

이 문제에 관심 있는 누리꾼들이 인터넷에 올린 댓글을 보았는데 참 기발한 답들이 많았다. 그 가운데 '새를 다이어트 시켜 몸집을 줄인 뒤 꺼낸다'고 적은 답을 보고 한참을 웃었다. 그러나 억지로 짜낸 답은 사구死句라서 인정치 않는다. 선사들은 언제나 펄펄 살아 움직이는 활구活句를 요구한다.

이에 대한 해답을 보원 선사가 정리했다.

갑자기 그 문제에 골몰해진 육긍을 큰 소리로 부른다.

"육긍 대부大夫!"

"네!"

그러자 선사가 말한다.

"새는 벌써 나왔소."

대답하는 순간 문제의 속박에서 자유로워졌다. 문제 안에서는 해답의 범위도 좁아지기 마련이다. 때때로 화두는 인식의 전환을 요구하고 질문하는지도 모른다. 정해진 사고와 관념에서 접근할수록 더욱 어려워지는 것이 어디 화두뿐이겠는가. 인생의 문제도 매한가지. 말하자면 제3의 대답도 답이다. 꼭 그 문제에 매달려서 해답의 범위를 한계 지을 필요는 없지 않은가. 기존의 가치와 규범에서 자유로워져야 새로운 답이 나온다. 자기 빛깔과 특성을 묵혀 두고 남을 닮으려 하지 말라.

그대의 답은 무엇인가?

경계와 기준을 없애라

어느 스승이 제자를 마당으로 불렀다. 그러고는 제자 앞에서 넓은 마당에 둥글게 원을 그려 놓고, "이 선을 넘어서도 안 되고, 그렇다고 이 선을 떠나서도 안 된다. 어떻게 이 원 안으로 들어갈 수 있겠느냐?"라고 물었다.

그 말을 듣고 제자는 아무 말 없이 그려 놓은 선을 지워 버렸다. 이를 보고 스승이 크게 웃었다.

선을 지워 버리는 순간, 경계와 기준이 일시에 사라진 것이다. 여기에서는 문제를 없애 버림으로써 해결의 답도 사라졌다. 문제 자체가 우리를 구속하는 경우가 많다. 때론 질문 자체를 부정하는 것이 또 다른 해답이 될 수 있다. 선禪의 정신은 상대가 설정한 전제조건을 거부하는 것이다. 즉 개념화된 답을 찾지 말라는 말이다.

삶의 문제에서는 정답이 하나만 있는 게 아니다. 명제는 있으나 그 정답은 언제나 자신이 만들어 가는 것이다. 수학공식처럼 딱 맞아떨어지는 정답이 없으므로 우리 인생은 더더욱 흥미롭다. 미리 정해진 정답이 있다면 삶의 생동감이 없지 않겠는가.

삶의 모순과 갈등은 본래 아무런 문제가 아니다. 다만, 그 자체를 문제라고 여기는 우리 자신이 잘못된 것인지도 모르겠다.

040

나는, 검을 주러 왔노라

중국에는 명검에 대한 전설이 많다. 그 중 유명한 것으로 오왕 합려가 천하의 명장 구야자에게 부탁하여 만든 어장검이 있다. 자객이 요왕을 암살할 때 물고기 배 속에 숨겨 들어갔다고 해서 어장검魚腸劍이라 불린다.

그리고 구야자의 제자인 간장과 막야 부부가 만들었다는 두 자루의 명검 또한 유명하다. 이 천하의 명검들은 모두 바윗돌을 두 동강 낼 수 있을 만큼 단단했고, 칼날 위에 머리털을 올려 놓고 후 불면 잘려 나갈 정도로 그 완성도가 높았다고 한다.

중국 동정호 부근의 파릉巴陵에 살았던 호감 선사의 법문에는 취모검吹毛劍이 등장한다. 이 칼은 털 한 가닥이 칼날에 닿기만 해도 싹둑 잘릴 만큼 정교하게 만들어진 보검이다.

선사들이 칼을 가르침의 소재로 삼는 것은 일도양단할 수 있는 상징성 때문이다. 그래서 날카로운 취모검은 미세한 번뇌까지도 일시에 제거할 수 있는 지혜의 칼로 비유되고 있는 것이다.

성경에서도 "내가 세상에 화평을 주러 온 줄로 생각지 마라. 화평이 아니라 검을 주러 왔노라"고 했다. 마태복음의 이 구절을 나는, 예수가 세상에 온 것은 어리석음을 자를 수 있는 지혜를 주기 위해 왔다는 의미로 해석하고 싶다.

세상을 화평하게 만드는 것은 그 누구도 아니다. 자신의 미망을 제거했을 때 자기 구원이 있는 것이다. 어차피 자기 안의 번뇌와 갈등을 검으로 자르지 못하면 예수가 수없이 재림한다 하여도 세상은 결코 평화로워지지 않을 것이기 때문이다.

그래서 누구에게나 지혜의 검이 중요하다. 승방의 당호堂號는 대부분 심검당尋劍堂이다. 세진世塵을 자를 수 있는 지혜의 칼을 찾으라는 일종의 가훈인 것이다. 그런데 우리가 찾고 있는 칼이 살인검殺人劍인지 활인검活人劍인지 그게 궁금하다.

041 언젠가는 지나간다

자연과 멀어질수록 인간은 외롭다

21세기를 움직이는 19세기의 책으로 평가 받는 『월든』의 작가 헨리 데이빗 소로우. 그는 문명을 등지고 숲에서 명상과 노동을 하면서 영적인 삶을 살았다. 스스로 자신의 직업을 산책가라고 말했던 소로우는 홀로 한적한 오솔길 걷기를 좋아했다.

“내가 만일, 산책길에 동반자를 갖는다면 나는 자연과 하나가 되어 교감하는 기회를 포기하는 것이 된다. 그 결과 나의 산책은 어쩔 수 없이 상투적인 것으로 전락하고 말 것이다. 사람들과 어울리는 것은 자연으로부터 멀어짐을 뜻한다.”

나는, 소로우의 이 말에 깊이 공감한다. 산길을 걸을 때는 동행자가 없어야 방해를 받지 않는다. 여기서 말하는 방해는 자연을 느끼는 일에 소홀하게 된다는 뜻이다. 산책길의 동반자는 자연이다. 숲을 동반자라 생각하면 외롭지도 않고 심심하지도 않다.

숲은 우리에게 날마다 말을 걸어온다. 다만, 사람끼리 주고받는 말 때문에 듣지 못할 따름이다. 그러므로 자연과 교감하면 사람과 떨어져 있어도 고독하거나 무섭지 않다. 오히려 자연과 멀어질수록 인간은 외톨이가 된다.

또한 우리는 길을 걷되, 그의 충고처럼 바퀴자국을 따라 걷지 말아야 한다. 그 길은 콘크리트로 만든 문명의 길이기 때문이다. 때로는 혼자서 흙길을 걸어라. 당당하게 직립으로 보행하면서 절대고독과 만나라.

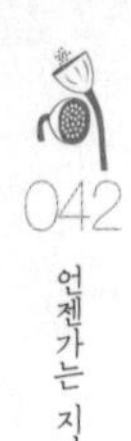

용서는 자신과 악수하는 일이다

인도의 다람살라에서 티베트 망명정부를 이끌고 있는 종교 지도자 텐진 가쵸. 티베트인들은 그를 달라이 라마Dalai Lama라 부르고 있는데, '가쵸'와 '달라이'는 모두 '바다'라는 뜻을 지니고 있다. 바다가 무엇인가. 능히 모든 것을 수용하고, 그 어떤 것도 차별하지 않는 성품이 아니던가. 그렇다면 달라이 라마를 '바다 같은 마음을 가진 위대한 스승'이란 의미로 풀이하고 싶다.

바다 같은 성품이 되지 않고서야 어찌 이웃을 용서하고 사랑하겠는가. 그가 노벨 평화상을 수상한 것은 세계 평화에 기여한 공로 때문이라기보다는 용서하고 사랑하는 마음을 세계인에게 전했기 때문이다. 자신에게 고통과 피해를 준 대상에게 미움과 증오가 남아 있다면 용서와 화해의 마음이 솟아날 수 없다. 오로지 용서할 때 비로소 원수의 개념이 사라진다. 즉, 용서는 자신과의 악수인 것이다. 따라서 용서의 최대 수혜자는 바로 자기 자신이다.

달라이 라마는 중국을 향해 비난하거나 중국과 투쟁하지 않는다. 비폭력만이 폭력을 이긴다는 그의 신념을 나는 지지한다.

"용서는 단지 자기에게 상처를 준 사람을 받아들이는 것만이 아니다. 그것은 그를 향한 미움과 원망의 마음에서 스스로를 놓아 주는 일이다. 그러므로 용서는 자기 자신에게 베푸는 가장 큰 베풂이자 사랑이다."

그의 대표적 법어가 된 이 한마디. 어느 골목에서 분노를 참지 못해 비틀거리고 있는 우리 이웃에게 들려주고 싶다.

대체 무슨 경우인가

"천지는 생물로써 사람들에게 먹을거리를 제공하니 갖가지 곡식이나 과일, 채소, 수륙의 진미 같은 것이요, 사람 또한 온갖 지혜를 써서 이것으로 떡을 만들거나 경단을 빚고, 소금과 식초를 치며, 삶기도 하고 굽기도 하여 참으로 무엇 하나 부족한 것이 없다. 그런데도 무엇이 모자라서 다시금 사람처럼 혈기가 있고, 자식이나 부모가 있으며, 지각이 있어서 아픈 줄 알고, 죽는지 사는지도 아는 생명을 죽여서 그 살을 먹고 피를 마시며 뼈를 씹는단 말인가. 이것이 대체 무슨 경우인가!"

명나라 말엽의 수필가 주굉 선사의 탄식이다. 사람의 잔인함이 이와 같다. 동물을 죽이지 않고도 충분한 영양분을 섭취할 수 있는데 왜 만족하지 못하는가. 그것은 인간들의 끝없는 식탐 때문이다. 아무리 착하게 산다고 말해도 먹기 위해 남의 목숨을 해친다면 그것을 어디 착함이라 할 수 있을까.

음식은 단순하고 가까이에 있는 것을 먹어야 장수할 수 있다. 예컨대, 자연 그대로의 과일, 열매, 채소는 단순하고 바로 손에 넣을 수 있는 것이며 우리와 가장 가까운 관계에 있는 것이다. 즉, '푸드 마일리지'를 줄여야 좋은 음식이다. 자신이 살고 있는 지역과 아주 멀리 떨어진 곳에서 식재료를 공급받는다고 생각해 보라. 과다한 수송비용이 드는 것은 물론이고 싱싱한 식재료를 공급받기도 힘들다. 그래서 유통거리를 줄일수록 식탁의 요리는 신선해지고 건강 또한 증진되는 법이다.

이와 달리 사람이 먹는 음식 가운데서 우리와 가장 멀리 떨어져 있는 것은 짐승이나 물고기 요리다. 이런 육류와 어류들은 먼 나라에서 수입하거나 타 지역의 가공 공장에서 공급되기 때문에 '푸드 마일리지'가 현저히 떨어질 수밖에 없다. 따라서 육식문화는 올바른 식단 선택이 아니다.

미국 버몬트 숲 속에서 20년을 살면서 손수 돌집을 짓고 농사를 지었던 헬렌과 스코트 니어링 부부. 이들 삶의 방식을 기록한 『조화로운 삶』을 보면 육식을 하는 관습에는 다음과 같은 뜻이 포함되어 있다고 말한다.

동물을 노예처럼 가두어 둔다.
동물을 새끼를 낳고 우유를 내는 기계로 전락시킨다.
사람이 먹으려고 동물을 죽인다.
사람이 쓰려고 동물의 시체를 보존하거나 가공한다.

육식의 이면이 이러한데도 가축의 살점으로 매일매일 배를 채울 것인가.

무엇을 계산할 것인가?

인도를 여행할 때, 갠지스 강 주변 화장터에서 시신을 태우는 장면을 목격한 적이 있다. 그런데 놀랍게도 마지막까지 타는 것은 사람의 심장이었다. 그때, 심장이 불길에 사라지는 정점의 순간 펑펑 소리가 났다. 펑펑 하는 그 소리는 심장이 터지는 폭음이라고 했다. 강물이 흐르는 그곳에서, 심장만이 최후까지 남아 육신의 소멸을 지켜본다는 걸 알았다. 우리 신체에서 암이 생기지 않는 부위는 심장이란다. 언제나 멈추지 않고 뛰기 때문이다. 그래서 가슴 뛰는 인생을 살아야 한다는 것도 깨달았다.

현지인들에게서 화장의식을 하고 나면 남자는 가슴뼈가 남고 여자는 엉덩이뼈가 남는다는 말을 들었다. 아마도 남자는 가슴에 열정을 담고 살았음을 말해 주고, 여자는 집안일을 하면서 자식을 키웠다는 증표일지 모른다는 생각을 해 보았다. 이를 보면 숨이 멎는다는 것은 따뜻한 가슴이 사라지는 일이다.

대부분 힌두교를 신앙하는 인도인들은 갠지스 강의 성스러운 물에 목욕을 하면 모든 죄업이 소멸되고, 죽어서 화장한 후 그 재를 강물에 뿌리면 윤회의 고통에서 벗어난다고 믿는다. 그래서 갠지스 강의 가트(화장터)에는 화장 행렬이 줄을 잇는다. 이 가운데 가장 중심이 되는 가트의 이름은 '마니카르니카'이다. 이 가트의 뜻은 '계산하는 곳'.

무엇을 계산하는 곳일까? 누구나 죽고 나면 생전의 선과 악을 평가 받는다. 이 시점에서는 빈부를 떠나 공평하게 선악의 무게를 환산할 것이다. 즉, 죽은 뒤에 이 화장터에서 일생의 선행과 악행을 계산한다는 의미를 담고 있다. 따라서 우리의 인생 대차대조표는 죽고 나면 분명히 드러날 수밖에 없다. 아무리 감추려 해도 생전의 행위에 의해 그 과보가 결정된다. 힌두교 사람들은 그들의 신神이 평가하고 강물에 화장한 재를 흘려 보내면 죄업이 씻겨진다는 신앙을 가지고 있다.

생전의 죄업을 어찌 강물이 대신할 수 있겠는가. 15세기 인도의 시인 카비르도 힌두교의 이러한 행동에 대해 비판적이었다. 강물로 몸을 맑게 하는 것보다 마음을 맑게 하는 것이 우선이라고 했다. 붓다 또한 "강물로써 해탈할 수 있으면 거북이나 물고기들이 일찍 해탈했을 것"이라며 맹목적인 행위를 지적한 바 있다.

인간의 죄는 누가 심판하거나 그 어떤 대상이 소멸시켜 줄 수 있는 게 아니다. 스스로 짓고 스스로 업보를 결정할 뿐이다. 그 어떤 사람이든 죽고 나면 생전의 업적에 따라 질량을 평가 받는다. 평소의 선과 악을 계산해 보면 어느 것이 더 많은가?

프랑스의 철학자 카뮈가 이런 말을 남겼다.

"결국 우리는 생의 마지막 순간에 이르렀을 때 얼마나 사랑했는가를 심판받을 것이다."

무엇을 사랑하고 살았는가는 자신의 몫이다. 따라서 선행을 했는가 덕행을 쌓았는가, 이것이 최후의 기준이 될지도 모른다. 우리에게 그 무게를 계산할 날이 점점 다가오고 있다.

인간들이 어둠 속에서 목소리로 서로를 분간하듯이

꽃들은 향기로써 서로를 분간하며 대화한다.

꽃들은 인간들보다 훨씬 우아한 방법으로 서로를 확인한다.

사실 인간의 말이나 숨결은 사랑하는 연인을 제외하고는

꽃만큼 미묘한 감정과 좋은 향기를 풍기지 않는다.

무례한 생각을 지닌 자

체로키족 인디언들은 약초를 '협력자'라고 부른다. 지천으로 자라는 풀 또한 하나의 개체로서 자신들의 세계를 유지하고 있다고 생각한다. 그래서 약초에게 정중하게 도움을 청하는 태도인 것이다. 개체와 개체로 보기 때문에 약초일지라도 그들은 협력자의 관계나 다름없다.

우린 어떤가. 우리가 마치 주인인 양 풀과 꽃을 베고 꺾어 버린다. 무례하게도 허락을 기다리지도 않는다. 마음먹은 대로 소유할 수 있는 물건이라고 여긴다.

그런데 인디언들은 풀의 도움이 필요할 때 그들에게 노크를 한다. 즉, 양해를 구하는 것이다. 당신들의 도움이 필요하니까 조금 가져가겠다는 뜻이다.

금세기 최고의 식물 재배가로 잘 알려진 미국의 육종학자 루터

버뱅크는 염력을 바탕으로 800종 이상의 변종 품종을 개발한 것으로 유명하다. 그의 주장에 의하면, 식물에게는 20가지가 넘는 지각능력이 있는데 인간의 그것과는 형태가 다르기 때문에 우리는 그들에게 그런 능력이 있는지 알지 못한다는 것이다. 그래서 그는 항상 식물에게 말을 걸 때는 무릎을 꿇고 눈길을 맞추었다고 한다.

강원도 산골에 사는 할머니들은 약초를 딸 때 잎을 다 훑어 내리지 않고 한 줄기는 남긴다고 한다. 잎을 다 따 버리면 다음 해에는 무성해지기 위해 심하게 몸살을 하는데 이것을 예방하기 위해서다. 이것은 약초에 대한 배려이기도 하지만 자연에게서 도움받는 인간으로서의 최소한의 예의라고 봐야 할 것이다. 이렇게 따져 보면 자연에게 무례한 생각을 지닌 자, 주변에 너무 많다.

식물에게도 영혼이 있다고 주장했던 독일의 심리학자 페히너는 이렇게 말한다.

"인간들이 어둠 속에서 목소리로 서로를 분간하듯이 꽃들은 향기로써 서로를 분간하며 대화한다. 꽃들은 인간들보다 훨씬 우아한 방법으로 서로를 확인한다. 사실 인간의 말이나 숨결은 사랑하는 연인을 제외하고는 꽃만큼 미묘한 감정과 좋은 향기를 풍기지 않는다."

빈 지갑은 악덕이다

"돈지갑이 볼록하다고 해서 근사한 돈지갑이라고 할 수 없다. 그러나 빈 돈지갑도 나쁜 것이다."

이 말은 유대인의 격언이다.

너무 인색하게 돈을 모으는 것도 문제지만, 빈털터리도 용서할 수 없다는 것이다. 빈 지갑을 지닌 사람은 무능한 인간을 의미하기 때문이다. 그래서 지갑이 비어 있는 것도 악덕이다.

돈 자체는 선도 악도 아니다. 쓰는 사람에 따라 그 가치가 달라질 뿐이다. 대부분의 나라에서는 돈을 '동그라미'로 표현한다. 유대인의 속담에 "은화는 둥글다. 이쪽으로 굴러 오는가 싶으면 저쪽으로 굴러간다"는 말이 있다. 우리는 매일 그것을 좇아다니며 살고 있다. 그러나 인생에서는 이 밖에도 좇아야 할 것이 많다.

스코틀랜드 출신의 작가 로버트 루이스 스티븐슨(1850~1894). 그의 대표작 『지킬 박사와 하이드』는 매우 유명하다. 그는 저서 『사람과 책』에서 이렇게 썼다.

"다른 것들과 마찬가지로 돈도 우리가 사도 되고 안 사도 되는 상품의 하나이며, 우리가 마음껏 탐닉할 수도 있고 절제할 수도 있는 사치품이다."

이 말은 돈이 우리 인생에서 절대요소는 아니라는 격려다. 자신의 선택에 따라 그 가치가 달라질 수 있는 문제라는 뜻이겠다.

즐거움만 보아서는 안 된다

랍비가 물었다.

"사람은 입은 하나인데 귀는 둘이다. 왜 그럴까?"

그 자리에 있던 한 사람이 대답한다.

"이야기하는 것보다 듣기를 갑절로 해야 하기 때문이다."

랍비가 또 물었다.

"사람의 눈은 흰 부분과 검은 부분으로 이루어져 있다. 그런데 왜 검은 부분으로 보는 것일까?"

그 자리에 있던 또 한 사람이 대답한다.

"그것은 세상을 어두운 면에서 보는 편이 좋기 때문이다. 하느님께서는 인간이 밝은 면만 보고 너무 낙관적으로 되지 않도록 경계하고 계신 것이다."

사람은 두 눈과 두 귀를 가지고 있지만 입은 하나이다. 왜 그럴까? 본 것의 반만 말하고, 들은 것의 반만 말하라는 의미다. 그런데 우리는 날마다 듣고 본 것을, 몇 배로 부풀려서 말하고 있지는 아니한가. 곰곰이 생각해 볼 일이다.

그리고 눈은 왜 검은 부분이 많은 걸까? 세상을 항상 신중하고 냉철하게 보아야 한다는 뜻. 사람의 눈은 곱고 아름다운 것만 즐기려고 한다. 그러나 즐거움만 탐닉하면 정확한 눈이 못된다. 즉, 탐욕스러운 눈이 되지 않도록 검은 부분으로 세상을 보게 만든 것이다. 밝은 부분을 경계하라는 뜻이 여기에 있다.

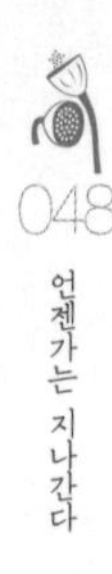

오늘은 내 차례, 다음은 네 차례다

다산 선생이 그의 제자들과 무덤 사이를 지나면서 술 한 잔 따라 붓고 무덤 속 주인공을 위로하면서 했다는 말.

"무덤에 묻힌 사람이여, 이 술을 마셨는가? 그대, 옛날 세상에 있을 때 조그만 이익을 다투고 시시각각으로 재물을 모으느라 눈썹을 치켜 올리고 눈을 부릅뜨며 오직 손에 움켜쥐려고만 했는가? 또한 이성을 그리워하고 고운 짝을 찾아서 단꿈을 꾸느라 천지간에 다른 일이 있는 줄 알지 못했는가? 가세家勢를 빙자하여 남에게 오만스럽게 대하고 의지할 데 없는 사람에게 으르렁거리며 스스로를 높인 적은 없는가? 그대가 이 세상을 떠날 때 한 꾸러미의 돈이라도 가지고 갔는지 모르겠네. 그리고 지금 그대는 부부가 한 무덤 속에서 능히 예전처럼 즐기고 있는가? 내가 지금 그대를 이와 같이 괴롭혔는데 그대는 능히 나를 꾸짖을 수 있는가?"

심장이 싸늘해지는 추도사다. 누구나 앞서거니 뒤서거니 하면서 무덤 속 주인이 될 것이다. 그러나 우리는 무덤에 가지 않을 것처럼 여기며 살고 있다.

어느 가톨릭 묘지 정문에 이런 글귀가 있다고 한다.

"오늘은 내 차례, 다음은 네 차례."

다음 차례는 살아 있는 우리들 순서다. 삶의 끝에서는 학벌도, 저택도, 고급 차도 필요없다. 이것이 먼저 죽은 사람들이 우리에게 가르친 교훈이다. 죽는 날까지 욕심만 부리다가 갈 것인가? 깊이 따져 볼 일이다.

삶의 장신구를 벗어라

우리의 생활에서도 거추장스러운 삶의 장신구들을 벗어야
스스로 가벼워진다. 욕망의 무게를 줄여야 안으로 살뜰할 수
있다. 즉, 삶의 부피를 가볍게 해야 홀가분하고 자유롭다.
단풍 떨어진 가을 숲을 통해 다 버려야 다시 채운다는 진리를
거듭 배우게 된다.

자연을 물감으로 그리지 않는다

인디언 출신의 의사가 수우족 추장들에게 미국 워싱턴을 구경시켜 준 일이 있었다고 한다. 그는 추장들의 마음속에 현대문명이 이뤄 낸 놀라운 성과물에 대해 깊은 인상을 심어 주고자 했다.

미국 의회 의사당과 유명한 건물들을 방문한 뒤 미술관을 관람하게 되었다. 그러고는 그곳에 걸린 그림들은 뛰어난 천재의 작품이며 백인들은 그것을 훌륭한 예술품으로 여긴다고 설명하였다. 그러자 한 늙은 추장이 말했다.

"정말로 얼굴 흰 사람들의 철학은 알다가도 모를 일이다! 그들은 자부심과 위엄을 간직한 채 수세기 동안 서 있어 온 숲들을 베어 버리고, 어머니 대지의 가슴을 마구 파헤치며, 은빛 샛강들을 더러운 시궁창으로 만들었다. 그들은 신의 그림이라 할 수 있는 자연을 무자비할 정도로 파괴한다. 그러면서 한편으론 작은 사각의 종이에 잔뜩 물감을 발라 그것을 걸작이라 자화자찬한다."

인디언들은 자연을 완성된 아름다움으로 여겼으며, 그것을 파괴하는 것은 신을 모독하는 일이라고 생각한다는 것을 알 수 있다. 그래서 인디언들은 자연을 그림물감으로 그리지 않는다고 한다. 자연을 느끼지 못해서가 아니라 그들에게 자연은 신성한 존재이기 때문이다. 그런데 우리들은 어떤가. 자연을 파괴해 가면서 오히려 자연을 화폭에 담고 있는 모순된 삶을 살고 있다.

자연을 망가뜨린 결과는 어떤 것일까. 동아프리카 격언에 이런 문구가 있다고 한다.

"땅에 빚지지 말라. 언젠가 땅이 이자를 요구해 올 것이다."

050

인생의 비결이 있다

어떤 상인이 거리를 돌아다니며 큰 소리로 외쳤다.

"인생의 비결을 살 사람은 없습니까?"

이 소리를 듣고 순식간에 사람들이 모여들었다.

"그 인생의 비결을 내가 좀 삽시다."

모여든 사람들이 졸라대자 상인은 이렇게 말했다.

"인생을 참되게 사는 비결은, 자기의 혀를 조심해서 쓰는 일이오."

유대인의 지혜를 모은 『탈무드』에 실려 있는 일화다.

불교 경전에도 입을 조심하라는 교훈들이 수없이 많다. 이는 입 속의 혀를 잘 다스리는 일이 그만큼 어렵다는 것을 의미한다. 그래서 혀를 조심하는 일을 참된 인생을 사는 비결이라 말하는 것. 물고기는 언제나 입으로 낚인다. 인간도 역시 입으로 걸려든다. 말조심하는 사람이 망신당하는 경우는 거의 없다. 오늘 생각하고 내일 말하라.

이와 비슷한 격언이 유대인들에게 또 하나 구전口傳되고 있다.

"새는 새장으로부터 도망쳐도 다시 붙잡을 수 있지만, 입에서 나간 말은 다시 붙잡을 수 없다."

"혀끝까지 나온 나쁜 말을 내뱉지 않고 삼켜 버리는 것, 그것이 세상에서 가장 좋은 음료이다."

이는 마호메트의 성언聖言이다.

또한 성 프란치스코 살레시오는 이렇게 기도했다.

"사람이 혀로 짓는 죄가 없다면 모든 죄의 4분의 3은 이 세상에서 사라질 것이다."

바보가 되어라

김수환 추기경이 자신을 그린 초상화를 들여다본 뒤 자필로 이렇게 적었다.

"바보."

세상엔 현명한 바보가 있고 어리석은 바보가 있다. 자신의 분수와 능력을 모르고 설쳐대는 사람은 어리석은 바보다. 명예와 재물만 좇는 것도 바보짓이고, 무조건 일등이 되려고 하는 것도 바보짓이다. 역사를 따져 보지 않아도 영악하고 똑똑한 바보가 스스로를 망치는 경우가 더 많다.

이기려 하지 않고 지려는 사람이 이 시대가 요구하는 바보다. 자신을 낮추는 사람이 참다운 바보다. 지금처럼 혼탁한 사회에서는 지능지수보다 윤리지수가 높은 사람이 더 현명한 바보다.

중국 속담에도 "바보로 살기란 더욱 어렵다"는 말이 있다. 이름을 세상에 드러내고 싶은 사람이 너무 많은 시절이라서 바보가 되기란 쉽지 않다. 은자隱者처럼 자신을 내세우지 않는 게 참다운 바보의 삶이다.

통도사 극락암에 주석하셨던 경봉 선사. 그의 주변에는 삶의 교훈이 많다.

이른 아침 노老선사가 이런 법어를 제자들에게 전했다.

"바보가 되거라. 사람 노릇 하면 일이 많다. 바보가 되는 데서 참사람이 나온다."

내 곁의 사람들을 사랑하라

꽃잎이 흩날리는 날, 붓다는 다툼을 멈추지 못하는 제자들에게 읊조리듯 말했다.

"수행자들이여! 잠시 눈을 감고 300년 후에 그대들이 어디에 있을지 상상해 보아라. 300년 후에 무엇이 남아 있을까? 서로 다투고 서로에게 괴로움을 주는 것은 현명하지 못하다. 모든 것은 변하기 마련이다. 그렇게 괴롭게 살지 마라. 인생은 짧다."

가까운 사람들과 사소한 문제로 다툴 때가 많다. 그 감정을 회복하지 못해 심지어는 부부와 친구의 인연을 정리하는 경우까지 있다. 티격태격 다투고 난 뒤 상대방이 한없이 미워질 때, 저 가르침을 가슴에 담자. 또한 가까이 있는 인연들이 실망스러울 때도 저 가르침을 가슴에 담자. 아무리 미운 사람일지라도 300

년이 지난 후에는 이 세상에 존재하지 않기 때문이다. 언젠가 이 세상에 없을 사람이라고 생각하면 도리어 고마워질 것이다. 그 어떤 것도 어느 순간이 되면 나와 작별한다. 먼 훗날, 보고 싶어도 만날 수 없는 내 곁의 사람들을 사랑하자.

삶의 장신구를 벗어라

이제는 대중 언어가 되어 버린 '날마다 좋은 날'은 애초 당나라 때의 선승, 운문雲門 선사의 법어에서 비롯된 말이다.

일일시호일日日是好日의 가르침을 통해 주체적 삶을 강조했던 선사에게 어떤 학인學人이 와서 물었다. 때는 바야흐로 낙엽 지는 가을이었나 보다.

"스승님, 나무에서 잎이 다 떨어지면 어찌 되는 겁니까?"

너털웃음을 웃으며 선사가 대답했다.

"온몸이 드러나고 가을바람이 빛나겠지."

원문은, 체로금풍體露金風이다. 나무가 여름 내내 무성하던 잎을 아까워 버리지 못하면 황금 같은 바람을 맞이할 수 없다. 낙엽 진 빈 가지의 나무. 이때 비로소 온몸으로 바람을 느낄 수 있다. 잎이 무성할 때 그 바람은 그저 몸을 흔드는 장애였을지도 모르나 옷을 벗어 버린 지금은 맑고 맑은 바람일 뿐이다.

이것이 겨울 숲의 지혜다. 가을에 자신의 몸을 가볍게 하지 않았더라면 차디찬 북풍한설北風寒雪에 몸은 더욱 고단했을 터이다. 잎을 다 털어 내었으므로 바람은 앙상한 나무 사이로 지나간다. 그러므로 빈 몸으로 당당하게 서 있는 겨울 숲이 나무의 본래 모습인지도 모른다.

우리의 생활에서도 거추장스러운 삶의 장신구들을 벗어야 스스로 가벼워진다. 욕망의 무게를 줄여야 안으로 살뜰할 수 있다. 즉, 삶의 부피를 가볍게 해야 홀가분하고 자유롭다. 단풍 떨어진 가을 숲을 통해 다 버려야 다시 채운다는 진리를 거듭 배우게 된다.

서쪽 사람들은 어딜 가겠는가

극락과 지옥을 구경하고 돌아온 사람의 증언.

"극락은 긴 숟가락으로 밥을 서로 떠먹여 주는 곳이고, 지옥은 자기만 먹겠다고 서로 밀치는 곳이더라."

숟가락 자루가 길면 밥을 먹기가 쉽지 않다. 그럴 땐 서로 마주 앉아 먹여 주면 공평하다. 이럴 때 서로 먹겠다고 욕심 내면 둘 다 허기를 면하기 어렵다. 한 솥의 밥도 다투면 셋이 먹기에도 부족하지만 나누면 천 명이 먹고도 남는다. 극락과 지옥의 차이가 바로 이것이다. 나누는 마음을 가진 이가 사는 곳은 극락이고, 인색한 마음을 가진 이가 사는 곳은 지옥이다.

이렇듯 한 생각이 극락과 지옥을 결정한다. 만약, 극락이 서방西方에만 있다면 서쪽에 사는 이들은 어딜 가야 하겠는가. 그러므로 극락과 지옥은 자신이 만들기도 하고 자신이 부수기도 하는 것이다. 그렇다면 이웃과 함께 기쁨과 슬픔을 나누면서 인간답게 살고 있다면 그 자리가 극락일 것이고, 아무리 가진 것이 많더라도 마음 편할 날 없이 갈등과 고통 속에서 괴로운 나날을 보낸다면 그곳이 지옥 아니겠는가.

당대唐代를 살았던 걸출한 스승 임제 선사는 말한다.

"어찌 서쪽에만 극락세계랴, 흰구름 걷히면 청산인 것을."

흰구름 걷히면 현재 서 있는 곳에서 극락이 전개된다. 따로 옮겨올 특별한 곳이 아니다. 내 마음이 악한 곳에 머물면 그것이 지옥을 만들고, 내 마음이 착한 곳에 머물면 그것이 곧 극락을 만든다.

이 뜻을 마음에 남겨 두면 좋을 것이다.

055

언젠가는 지나간다

혁명의 날이 올 수 있다

어느 날 뜰을 쓸다가 마당에 뒹구는 기왓장 조각을 치우려고 대숲 쪽으로 휙 던졌다. 그때, 기와 조각에 맞은 대나무가 쪼개지면서 펑 소리가 났고 그 순간 '앗' 하고 개오開悟하였다. 후인들은 이를 격죽오도擊竹悟道라고 불렀고, 그 주인공이 바로 지한(智閑, ?~898) 선사다.

중국 선사들의 생애와 언행을 기록한 여러 역사서에는 마음이 확 밝아지는 이러한 기연奇緣을 비교적 자세하게 밝혀 놓았다. 장경長慶 선사는, 여름날 추녀에 매달린 햇빛 가리개를 들어 올리다가 불현듯 마음의 어둠이 사라졌고, 장구성張九成 거사는 대변 보다가 깨쳤고, 현사玄沙 스님은 돌부리에 넘어지면서 의심이 해결되었고, 영운靈雲 스님은 복사꽃 떨어지는 광경에 마음이 열렸고, 우리의 서산西山 대사는 닭 울음소리를 듣는 찰나에 화두

話頭가 해결되었다. 모두가 눈 깜짝할 사이에 벌어진 사건이다.

어떤 계기를 만나 생에 대한 의문이 일시에 해소되는 것을 와해빙소瓦解氷消라고 표현하는데, 마치 기왓장이 무너지고 얼음이 풀리듯 화들짝 깨침의 인연이 온다는 뜻이다.

이러한 사실로 짐작해 보면, 깨달음에는 시간과 장소가 따로 정해진 게 아닌 것 같다. 언제, 어디서, 어떤 인연으로 다가올지 모른다. 중요한 것은, 그런 곳을 찾아다니거나 기다리지 말고 인생의 근원에 대해 스스로 물어보면 되지 않을까. 간절하게 자문自問하다 보면, 어느 날 어떤 사건과 만나면서 해답이 다가올 수도 있기 때문이다.

우리가 일상에서 만나는 많은 사건이나 문제들이 깨우침의 소재가 됨에도 불구하고 그것이 내 삶에서 어떤 전기轉機나 변화를 주지 못하면 그저 반복되는 일상의 일일 뿐이다. 그러므로 존재에 대한 강한 의문을 끊임없이 제기할 때, 일상의 사소한 일들을 통해 낡은 가치관을 바꾸는 혁명의 날이 온다.

현성공안現成公案이란 말이 있다. 현실의 모든 모습들이 구도의 과제라는 의미다. 그렇기 때문에 현재의 모든 일이 나 자신의 문제로 다가오지 않으면 현성공안이 되지 않는다. 문제 없는 삶은 반전도 없다. 늘 인생의 반전을 준비하라.

깨달음에는 시간과 장소가 따로 정해진 게 아닌 것 같다.

언제, 어디서, 어떤 인연으로 다가올지 모른다.

중요한 것은,

그런 곳을 찾아다니거나 기다리지 말고

인생의 근원에 대해 스스로 물어보면 되지 않을까.

자기 방식을 버려라

선종의 가장 대표적인 역사서로 널리 읽히고 있는 『전등록』은 북송 때의 도원道原이 편찬하였는데 그 분량이 모두 30권이다. 제9권에는 이런 대화가 전한다.

백장百丈 문하의 상관常觀 선사가 제자와 함께 쉬고 있었다. 그런데 가만히 있던 선사가 느닷없이 제자에게 물었다.

"자네는 소를 보았는가?"

제자가 대답했다.

"네, 보았습니다."

선사가 다시 물었다.

"그렇다면 그대는 소의 왼쪽 뿔을 보았는가, 오른쪽 뿔을 보았는가?"

제자가 대답을 머뭇거리자 선사가 말하였다.

"보는 것에는 좌우가 없는 법이라네."

참으로 기막힌 문답이다. 정확하게 본다는 것은 좌우를 말하는 게 아니라 본질을 꿰뚫는 것을 말한다. 즉, 분별심을 내려놓은 안목이다. 차별은 크고 작은 것을 구별하는 것이고, 분별은 좋고 싫음을 따지는 태도이다.

우리들이 철석같이 믿고 있는 배중률排中律의 논리에서 해방되어야 한다. 배중률은 이것이 참이면 저것은 거짓이 되는 논리 아니던가. 참도 아니고 거짓도 아닌 방식을 찾아라.

그렇다면 무엇이 정확하게 보는 것인가? 두고두고 질문해야 할 숙제다.

동심이 선지식이다

지인으로부터 들은 생생한 실화.

초등학교 1학년 아들이 학교에 갔다 와서 불만이 가득한 얼굴로 아버지에게 말했다.

"저는 내일부터 학교 안 갈래요."

"왜, 무슨 일 있었니?"

"기분 나빠서요."

"어째서?"

이때, 아들이 아버지에게 던진 말.

"날마다 선생님만 하나, 둘! 하고 우린 셋, 넷! 하잖아요. 바꿔 해도 되는데……."

고정관념의 기막힌 타파다. 동심童心이 선지식이다. 어른을 가

끔 깨우친다. 바꿔 구령해도 되는데, 나도 그걸 미처 생각 못했다.

선입견은 정보를 왜곡하고, 왜곡된 정보는 그릇된 판단을 내리게 한다. 그릇된 판단으로부터 잘못된 행동이 나오며, 그 결과는 고통과 혼란이 되기도 한다. 어떤 제도 속의 획일화된 답에서 등을 돌리면 새로운 답이 보일 수 있다.

자신도 모르게 생성된 사회적 통념이나 규율을 부정해 보라. 세상이 달리 보일지도 모른다.

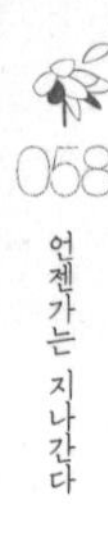

이목구耳目口를 잘해야 한다

개신교의 주主기도문과 함께 널리 알려진 천수경의 첫 구절은 이렇다.

'수리수리 마하수리 수수리 사바하'

주술사의 암호 같은 이 주문은 정구업진언淨口業眞言이다. 이를테면, 입을 깨끗하게 하는 신비의 문구다. 치약이 치아를 건강하게 하는 약이라면, 이 진언은 혀를 건강하게 하는 처방이다.

베트남 말에는, '네 말에서 냄새 나!'라는 표현이 있다고 한다. 아마도 향기로운 말과 반대되는 개념일 것이다. 욕설, 비방, 모함 등은 사람을 상하게 하는 냄새 나는 말이다.

어느 법사는 신체 가운데 말하는 입 외에도 보는 입, 듣는 입, 숨 쉬는 입, 배설하는 입이 있는데 그 전부를 조심하는 것이 구업

口業을 맑히는 것이라 했고, 어느 선사는 평소에 '이목구耳目口'를 잘해야 참다운 인생이라 법문했다. 귀와 눈과 입을 늘 살피는 것이 화두가 되어야 한다는 뜻이겠다.

그래서 사람의 입에 칭찬이나 축복을 많이 담고 있어야 건강한 삶이다. 즐겁게 장수하고 싶거든 코로 숨을 쉬고 입은 다물어야 한다. 때론, 침묵의 기술도 필요하다.

정구업진언을 풀이하면 이렇다.

"행복해라, 많이 행복해라, 날마다 행복해라!"

입을 향기롭게 하는 데에는 남을 위한 축원뿐, 별다른 비결이 없다.

그의 저녁은 여기서 멈추었다

강원도 영월 청령포清泠浦.

어린 단종端宗의 애절한 사연과 통한이 서린 곳이다. 그 때문일까, 솔숲에 부는 바람마저 차갑고 서늘하다. 나약한 군주를 지키지 못한 충신忠臣들의 눈물이 소나무로 환생한 까닭인지, 노송들은 저마다 단종 초가草家를 향해 애도하듯 고개 숙이고 있다. 그렇다면 이 무슨 모순의 미학인가. 비운의 역사를 안고 있는 숲은 슬퍼서 더욱 아름답다.

적막한 땅으로 유배된 소년 단종은 이곳에서 무슨 꿈을 꾸었을까. 그는 절대적 고독 속에서 비정한 권력의 이면을 실감하였으리라. 인근에 있는 단종 추모사찰인 금몽암의 이름에서 그 마음을 짐작할 수 있다.

금몽암禁夢庵. 이 뜻을 나는, '대궐로 돌아가는 꿈을 꾸지 않겠다'는 의미로 풀고 싶다. 그래야 단종의 심정이 더욱 드러난다. 홍안紅顔의 소년이 무슨 정치적 야망이 있었겠는가. 그저 평범하고 다정한 지아비의 신분으로 돌아가고 싶었을 것이다. 그래서 대궐을 향해서는 철저하게 고개를 돌리고 싶었을 터이니, 그 소박한 바람이 암자의 이름에 담겨 있다.

그러나 그의 염원은 정치적 암투나 역학 속에서는 보장될 수 없었다. 안타깝게도 17세의 어린 나이에 그 소박한 꿈을 접어야만 했다. 힘 잃은 자들의 평범한 꿈은 언제나 권력을 지닌 자들의 그릇된 야망에 희생당하기 마련이다.

조선 후기의 명필가인 해강海岡 김규진金圭鎭이 금몽암을 다녀가면서 편액을 남겼는데, 글자를 자세히 살펴보면 '꿈 몽夢' 자를 쓰면서 밑변의 '저녁 석夕' 을 반대로 돌려놓았다. 단종의 저녁이 멈추었다는 뜻에서 그랬을까? 그렇다면 폐위된 어린 임금의 생生은 그 저녁을 넘기지 못하고 낙화하고 말았다는 의미가 담겨 있다. 과연 서예가다운 애도의 표현이다. 즉, 단종의 꿈은 더 이상 펼쳐지지 못하고 이곳에서 일찍 끝났다는 말이다.

누구에게나 꿈꾸는 세상이 있다. 소박한 삶을 꿈꾸든 영웅의 삶을 꿈꾸든, 그 꿈은 결국 도도한 역사의 흐름 속에 사라지고 만다. 하늘에 닿을 듯한 명예나 권력도 세월이 지나면 모두 꿈같은 일이 된다. 지금의 우리들도 그 꿈을 이루기 위해 전 생애를 던져 아등바등 살지 않던가.

영월의 청령포는 나그네에게 이렇게 말한다. 인생의 목적은 그 꿈에서 빨리 깨어나는 것이라고.

정구업진언을 풀이하면 이렇다.

"행복해라, 많이 행복해라, 날마다 행복해라!"

입을 향기롭게 하는 데에는 남을 위한 축원뿐, 별다른 비결이 없다.

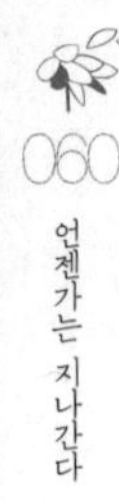

누가 그랬다,
무엇인가의 준말이라고

멋이란 무엇일까?

누가 그랬다, '무엇인가'의 준말이라고.

즉, 진정한 멋이란 삶의 본질에 대해 진지하게 성찰하는 인생을 말한다. 그러므로 '멋있는 사람'은 인생의 근본을 알고 사는 이들을 총칭하는 말이다.

생각해 보라. 옷을 잘 입어서 멋있는가? 인물이 준수해서 멋있는가? 둘 다 아니다. 참다운 멋쟁이는 자기 자신의 존재를 알고 살아가는 사람이다. 숨어 있어도 그 향기가 바람에 드러나듯 내면의 뜰이 정갈한 사람이 멋있는 인생을 살아간다.

우린 하루 중에서 인생의 멋을 위해 얼마만큼의 시간을 투자하고 있는지 물어보아야 한다. 그 자문自問을 통해 자신만의 멋을 디자인할 때 고매한 인격이 형성되고 삶의 철학이 풍성해진다.

올바른 삶의 질서와 양식이 그 사람의 인격을 만들며, 그 인격은 그를 지켜 주고 형성하면서 이웃에게 메아리를 전한다.

우리가 하고 있는 일이 삶의 질을 높이는 것인지 낮추는 것인지 시시로 물어보라. 그런 사람이 정말 멋있는 인생을 사는 사람이다.

삼월 봄비가 내린다

중국의 대표적인 문인 린위탕(林語堂, 1895~1976)은 그의 생활철학서 『생활의 발견』에서 '홀로 마시는 차 맛은 이속離俗의 경지'라고 극찬했다. 아무리 명차라 하더라도 여럿이 마시면 단순한 기호식품일 뿐이고, 이름 없는 차일지라도 혼자 달이면 천하의 일미이다. 이슬의 방향芳香이 잎 끝에 남은 이른 새벽에 마시는 차 맛은 실로 현묘하다.

초의 선사의 『다신전茶神傳』에도 혼자 마시면 신神이나 예닐곱 명이 둘러 앉아 마시면 시施라 하였으니, 팽객烹客이 지나치면 물을 베풀듯 나누어야 하므로 단아한 풍미는 사라진다는 뜻이겠다.

오래된 자사다호紫砂茶壺에 음각된 다시茶詩 한 줄.

一經綠陰 三月春雨

엷은 신록이 지나가니, 삼월 봄비가 내린다.

한 줄의 시 음미가 한 잔의 차보다 청량하다. 암향暗香처럼 마음을 맑게 한다.

신록은 약동하는 봄이다. 그러니 초봄의 설렘이 지나고 나면 비로소 곡우穀雨를 알리는 봄비가 내린다. 차인茶人에게 음력 3월이 다가온다는 것은 햇차를 맛볼 수 있는 계절이 온다는 뜻이다.

이 글을 새겨 놓은 선조의 이름은 알 수 없으나, 다심茶心과 시심詩心이 봄바람에 실려와 생활에 아취를 더해 준다. 지금, 창밖의 세상은 온통 만화방창萬化方暢의 계절이다.

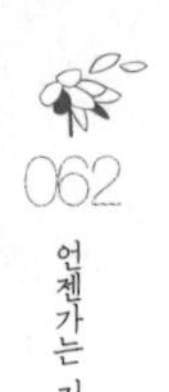

062

대들보는 하나면 족하다

왕이 백고좌百高座법회를 마련하고 두루 덕이 높은 스님들을 모셨다. 마을 사람들이 명망이 높은 원효를 천거하였으나, 여러 승려들이 그를 미워하여 왕에게 나쁘게 말하니 100인의 고승에는 오르지 못했다.

그 후 원효가 『금강삼매경론』을 강론하는 날, 왕과 신하, 승려 등 많은 사람들이 법당으로 구름처럼 몰려들었다. 그때 원효가 큰 소리로 "옛날 서까래 100개를 구할 때는 비록 참가하지 못했으나 오늘 대들보를 놓을 때는 나 혼자만이 할 수 있습니다" 하니 여러 승려들이 고개를 숙이고 부끄러워하였다.

송대宋代에 찬영贊寧이 편찬한 『송고승전宋高僧傳』 제4권에 소개되어 있는 내용이다.

군자君子는 숨어 있어도 자태가 드러나는 법. 어찌 소인들이 그 빛을 막을 수 있겠는가.

지금의 세상은 서까래의 능력밖에 안 되는 사람들이 대들보 행세를 너무 많이 하고 있다. 든든한 대들보가 없어서 집이 무너질 때 후회하면, 그땐 늦다. 유능한 인재를 인정하지 못하는 세상의 인심이 참 고약하고 안타깝다.

꼬치꼬치 캐묻지 말라

장사 경잠(?~868) 선사는 호남성 장사 땅 녹원사에 살았는데 그 주변은 수려한 경치로 유명하다. 그래서였을까. 스님은 원족遠足을 다녀오길 즐겼다. 장사 스님이 어느 날 산놀이를 갔다가 돌아오는 길에 제자를 만났다.

"스님, 어디 다녀오십니까?"

장사 스님이 대답했다.

"응, 산놀이 갔다가 오는 길이다."

"어디 어디를 다녀오셨는데요?"

그러자 스님이 다시 대답했다.

"향긋한 풀꽃을 쫓아갔다가 떨어지는 꽃잎을 따라 돌아왔다."

따로 사족을 붙일 수 없을 정도로 그 대답이 멋지고 맑다. 어디를 다녀오느냐고 물어보는 제자의 머릿속에는 자신의 기준과 정보가 들어 있었을 것이다. 어느 봉우리를 들렀으며, 어떤 곳에서 누구를 만났는지, 그런 소소하고 구체적인 일상이 궁금했을지 모른다.

우린 일상 속에서 이렇게 묻고 답하는 것에 익숙해져 있다. 그러나 스승의 대답은 무척 가볍고 경쾌하다. 스승은 산놀이 그 자체에 취해 있었기 때문에 어디서 무엇을 하고 어떤 사람을 만났는지는 중요하지 않았다. 그냥 봄길 따라 나섰다가 봄꽃 따라 왔을 뿐이다. 더 이상의 설명은 과잉친절이다.

꼬치꼬치 캐묻지 말라. 그리고 자신이 미리 정한 답변을 요구하지도 말라.

064

스승은 주변에 도열해 있다

공자님의 말씀 중에 잘 알려진 가르침이 있다.

"나를 포함하여 세 사람이 모이면 두 사람은 스승이다. 왼쪽에 있는 나쁜 사람을 보고 따라 하지 않으면 그가 스승이요, 오른쪽에 있는 좋은 사람을 보고 따라 할 수 있으면 그도 스승이기 때문이다."

스승을 찾아 멀리 떠나는 자는 어리석다. 그 사람은 먼 길을 떠나지만 참다운 스승을 만나지 못하고 헛걸음할 것이 뻔하다. 스승은 우리 주변에 도열하듯 서 있다. 그것을 배울 수 있어야 한다.

『화엄경』에 등장하는 선재동자가 만난 53인의 스승은 우리 이웃의 보통 사람들이었다. 보살과 수행자, 장자, 상인, 부인, 동남동녀 등 다양한 계층의 사람이었고, 심지어는 몸 파는 여인도 포함되어 있었다. 이는, 남녀노소 빈부귀천 할 것 없이 주변 인물 모두가 가르침을 주는 교사라는 뜻이다.

더 나아가 두려움, 분노, 죄책감 같은 어두운 시간들도 훌륭한 교사가 될 수 있다. 이런 스승들은 교과서에 없는 내용을 우리에게 가르친다. 즉, 교과서 밖의 교육이 우리네 인생을 알차고 튼실하게 한다는 사실이다.

그러나 우리가 배워야 할 것이 무엇인지 알려 주는 사람은 없다. 그것을 발견하는 것은 각자의 선택이다.

티베트의 수행자 테르텐 소걀은

잘못된 우리들의 생각을 일깨우는 법어를 남겼다.

“나는 마루를 천장으로,

불을 물로 바꿀 수 있는 사람에게 한 번도 감동한 적이 없다.

진정한 기적이란 바로 부정적 감정에서 해방되는 것이다.”

극단적 선택은 항상 내일로 미루라

자살하려고 한강대교에 오르던 젊은 남자.

서울시에서 자살방지용으로 발라 놓은 기름에 발이 미끄러지면서 몸이 휘청하였다. 그 순간, 이 남자가 내뱉은 말.

"아우, 잘못했다가 죽을 뻔했네."

스스로 생을 마감하려던 그 찰나에 생에 집착하는 본능적인 자신과 마주했던 것. 심리학자들의 분석에 의하면, 자살하는 이들은 허공에 몸을 날리는 순간 자신의 결정을 대부분 후회한다고 한다. 삶의 막다른 골목에 서면 누구나 극단적 선택을 할지 모른다. 그러나 그 용기를 생의 용기로 전환하면 어떨까. '자살'을 바꾸면 '살자'니까.

인간의 고민과 걱정을 세월에 맡겨 놓아야 할 때가 얼마나 많은가. 당장 해결하지 못하면 숨이 멎을 것 같은 문제들도 세월이 시나브로 흐르면 자연스레 치유되고 아무는 경우가 허다하다. 그러므로 현실의 문제에 대해 너무 극단적으로 접근해서는 안 된다.

지금 발등에 떨어진 불처럼 즉시 해결해야 될 현안이 아니라면 시간에 맡기고 세월에 의지해도 좋다. 노력해서 해결되지 않을 일은 던져 놓는 게 최선이다. 숨 쉬고 살다 보면 어느 시점에서 해결의 방법을 만나거나, 또는 실마리 풀리듯 스르르 해결되는 수가 있다.

오히려 문제를 빨리 매듭지으려고 하는 조바심이 더 큰 고통이 될 수 있으니, 당장 서둘지 말지어다. 오늘은 길게 호흡하고 극단적 선택은 항상 다음날로 미루어라. 그 다음날이 자신의 어리석음을 깨닫게 해 줄 수도 있기 때문이다.

티베트의 수행자 테르텐 소걀은 잘못된 우리들의 생각을 일깨우는 법어를 남겼다.

"나는 마루를 천장으로, 불을 물로 바꿀 수 있는 사람에게 한 번도 감동한 적이 없다. 진정한 기적이란 바로 부정적 감정에서 해방되는 것이다."

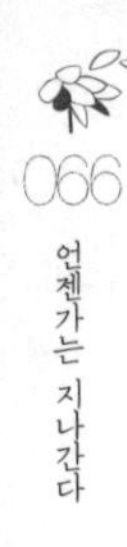

나는 왜
허물을 지고 울지도 못하는가

매미는 미련 없이 제 허물을 벗고 나와
푸른 한 생애를 울음 울다 가는데
나는 왜 허물을 지고 울지도 못하는가.

어느 스님이 머물다 떠난 빈방의 벽에 쓰여 있던 메모.

한 수행자가 자신의 정체성과 타성에 젖은 일상을 돌아보며 고뇌했던 낙서다. 그는, 그 고민을 안고 밤새 뒤척이다가 이른 아침 길을 떠났을까. 가슴이 짠해 왔다.

나 또한 이십대 운수야인雲水野人 시절에 승가 내부의 모순과 부패에 실망하여 이른 새벽, 짐을 챙겨 일주문을 총총히 나섰던 적이 여러 차례 있었다. 그래서 저 낙서를 남긴 나이 어린 동료의 심정이 마음을 울린다. 수행자의 기상이 푸르게 살아 있다는 것은 자신과의 타협이나 화해를 철저히 배격하는 것을 뜻한다.

수행자에게 자기 응시나 혼돈의 기간이 없다면 세상 사람들처럼 자신도 모르게 둘레의 흐름에 물들고 말 것이기 때문이다. 수행길에서 가장 큰 함정은 안일과 안주安住다. 그래서 범속한 일상을 경계해야 한다.

젊은 수행자의 독백 같은 이 글은 김영재(1948~) 시인의 〈허물〉이다.

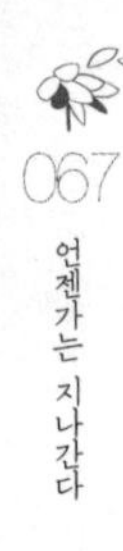

나는 서 있을 때 서 있기만 한다

어떤 수도자가 일을 매우 많이 하면서도 언제나 정신이 흐트러지지 않고 집중력 있는 모습을 보여 주었다. 그래서 그에게 "어떻게 그럴 수 있느냐?"고 사람들이 물었다.

그는 이렇게 대답했다.

"나는 서 있을 때 서 있고, 걸을 때는 걷고, 앉아 있을 때는 앉아 있고, 음식을 먹을 때는 먹는답니다."

"그건 우리도 하는데요"라고 말하자 다시 이렇게 정리해 주었다.

"아니지요. 당신들은 앉아 있을 때는 벌써 서 있고, 서 있을 때는 벌써 걸어갑니다. 걸어갈 때는 이미 목적지에 가 있지요."

오늘날 우리들의 성급하고 조급한 문화를 꼬집는 가르침이다.

아메리칸 인디언들은 말을 타고 벌판을 내달리다가 잠시 뒤를 돌아본다고 한다. 너무 빠르게 달리면 자신의 영혼이 따라오지 못할까 한번 멈추는 것이다. 터키 사람들은 말끝마다 "수하힐리(천천히) 수하힐리(천천히)!" 한다고 들었다.

우린 너무 빠르게 살려고 한다. 다들 어디를 향해, 무엇을 위해 바삐바삐 서두르는 것일까. 거리에서, 직장에서, 혹은 집 안에서까지 허둥허둥 서두르고 있다. 내가 바쁜가, 세상이 바쁜가?

프랑스의 대표적인 사상가 파스칼은 "인간의 모든 불행은 자기 방에 홀로 머물러 있지 못하는 데서 온다"고 했다.

사색과 여유는 그래서 우리에게 더 필요하다.

강물의 등을 떠밀지 말라

다친 달팽이를 보거든 도우려 들지 말아라.

그 스스로 경지에서 벗어날 것이다.

당신의 도움은 그를 화나게 하거나 상심하게 만들 것이다.

하늘의 여러 시렁 가운데 제자리를 떠난 별을 보게 되거든

별에게 충고하고 싶더라도 그만한 이유가 있을 것이라고

생각하라.

더 빨리 흐르라고 강물의 등을 떠밀지 말아라.

강물은 나름대로 최선을 다하고 있는 것이다.

프랑스의 영화감독으로 잘 알려진 장 루슬로 시인의 글이다. 세월이 약이 되고 삶이 우리에게 해답을 줄 때가 더 많다. 자기식대로 자기 가치관대로 세상을 보거나 바꾸려 하지 말라. 그것이

오히려 상대방의 인생에 방해가 될지도 모른다. 또한 선불리 남의 인생을 자기 기준으로 수군대면서 말하지 말라. 그 나름의 의미와 목적이 있다.

사람들은 저마다의 얼굴을 가지고 있지 아니한가. 그런 자기만의 얼굴을 스스로 가꾸려고 노력해야 한다. 획일적인 표정은 너무 밋밋하고 조화롭지 못하다. 따라서 남의 인생을 들여다보는 데 시간을 낭비하지 말라. 세상은 크고 작은 것들이 모여 균형을 이루기 때문이다.

당신 얼굴이 쓰레기통이다

한 벼락부자가 디오게네스의 명성을 듣고 그를 자기의 집으로 초대했다. 그 부자의 집은 입구부터 온통 값비싼 대리석으로 번쩍거렸다. 부자는 쉴 새 없이 디오게네스에게 집 자랑을 늘어놓았다.

그런데 갑자기 디오게네스가 주위를 두리번거리더니 '퉤' 하고 부자의 얼굴에 침을 뱉어 버렸다. 철학자의 이 어이없는 행동에 놀라 당황해하는 부자에게 디오게네스가 말한다.

"그대의 집과 정원은 정말로 훌륭하네. 이렇게 아름답고 깨끗한 집에서 내가 침을 뱉을 곳이란 자네 얼굴밖에 없었네. 거만과 탐욕으로 가득 찬 자네의 얼굴이 곧 쓰레기통이니까."

무엇이 진정한 부자인가? 지나친 소유와 탐욕은 오히려 영혼의 빈곤을 불러오기 쉽다. 삶의 가치를 어디에 두느냐에 따라 삶의 양식과 질이 달라질 수 있다.

그래서 우리는 보다 값진 일에 투자해야 한다. 세월이 지나도 허물어지지 않고 시간이 흘러도 없어지지 않는 그런 가치를 쌓아야 하는 것이다. 그 아무리 화려하고 아름다운 것일지라도 언젠가는 소멸되고 만다. 필경 사라지고 마는 것은 본질적으로 무가치한 일이다.

그러므로 무너지지 않는 복덕을 저축해야 한다. 불교에서는 이를 일러 무위법無爲法 또는 무루복無漏福이라고 말한다. 이는 성경의 가르침인 '하늘에 재물을 쌓으라'는 진리와 통한다. 이럴진대, 과연 어떤 가치에 투자할 것인가를 따져 보라.

070

그 자체로 이미 완성된 것이다

어느 이름난 스님이 밀림 속에서 새로운 법당을 짓고 있었다. 스님은 공사를 하다가 수행 기간이 되자 법당 짓는 일을 중단하고 인부들을 집으로 돌려보냈다.

며칠 뒤 어느 신도가 찾아와서 법당이 언제쯤 완성될 것인가를 물었다. 그때 스님은 조금도 망설임 없이 대답했다.

"법당은 이 자체로 완성된 것입니다."

질문을 한 신도는 이해할 수 없어서 다시 물었다.

"지붕도 없고, 문도 달아야 하고, 사방에 목재와 시멘트 자루가 널려 있는데 이 상태로 마무리 지을 생각인가요? 혹시 잘못 말씀하신 거 아닙니까?"

스님은 미소를 지으며 말했다.

"지금까지 한 것은 모두가 그 자체로 완성된 것입니다."

이 말을 마치고 그는 명상을 하러 자신의 거처로 사라졌다.

태국 남부의 어느 사원에서 있었던 일이다.

그 자체로 완성된 것이라는 법어를 남긴 태국의 고승. 이 가르침은 빗줄기처럼 시원하다. 세상살이에서 완벽한 마무리란 따지고 보면 없다. 우리 삶에서는 항상 그 다음 일이 이어지고 또 생기기 마련이다.

예를 들어, 나무를 한 그루 심으면 그 다음엔 멋진 돌을 하나 놓고 싶고, 다음날엔 연못도 만들고 싶다. 세상일은 이처럼 끝이 없다. 우린 그 시점 시점에서 마무리를 해야 한다. 마무리의 기준은 언제나 현재의 시점이 되어야 한다. 그렇게 하지 않으면 언제나 그 일의 노예가 되고 휴식이 목적이 될 수 없다. 그러므로 그 과정 자체가 완성이란 생각을 해야 하는 것이다.

"그 자체로 완성된 것이다."

이것이 진정으로 생각을 쉬는 유일한 방법이다. 그렇지 않으면 그대들의 일은 결코 끝나지 않을지도 모른다.

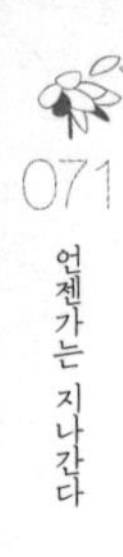

죽어 새가 되어도 쉬지 못하리

임제 의현(臨濟義玄, ?~867)은 임제종의 개조開祖로서 중국 선종사에서 독보적인 위치를 확보하여 그 이름을 중원천하에 떨친 선사다. 그는 가는 곳마다 소나무를 즐겨 심었다. 그는 늘 틈만 나면 소나무를 심고 가꾸었다.

어느 날 그의 스승 황벽 선사가 물었다.

“그대는 깊은 산골에 소나무를 심어서 무엇 하려는가?”

임제가 대답했다.

“첫째는 산문의 경관을 아름답게 하기 위해서이고, 둘째는 뒷사람에게 모범을 보이기 위해서입니다.”

이 시대 독림가篤林家의 마음을 잘 대변해 주고 있는 대화.

나무에게는 두 가지 생명이 있다고 한다. 하나는 나무의 생명으로서의 수령樹齡이고, 또 하나는 나무가 목재로 쓰였을 때부터의 내용연수耐用年數로서의 생명이다. 그렇다면 특별한 용도 없이 나무 한 그루를 순식간에 베어 버리는 일은 두 가지 생명을 해치는 것이나 다름없는 행위이다.

시인 정호승은 그의 시에서 "나 이 세상에 태어나, 지금까지 나무 한 그루 심은 적 없으니, 죽어 새가 되어도, 나뭇가지에 앉아 쉴 수 없으리"라며 식목植木 없는 삶을 참회했다.

나무를 심지 않으면 그 은덕을 누릴 수 없다. 여름 날, 뜨겁게 내리쬐는 햇빛을 온몸으로 견디면서 서늘한 그늘을 만들어 주는 것은 말없는 나무다. 따라서 나무 한 그루를 없애는 것은 그늘 하나를 잃는 셈이다. 평생을 살면서 나무 한 그루 심지 않았다면 그의 인생은 너무 메마른 삶이며 휴식을 모르는 인생이다.

휴식休息이란 낱말의 한자를 풀어 보면 이렇다.

人 + 木 + 自 + 心.

즉, 휴식은 사람이 나무 아래서 자신의 마음을 돌아본다는 의미다. 따라서 나무는 삶의 휴식에 꼭 필요한 조건이다. 지금부터 뒷사람에게 부끄럽지 않으려면 나무를 심어라.

스스로 건너야 한다

어느 제자가 강어귀에서 배를 타려고 할 때, 스승이 동승하여 노를 저어주려 했다.

그때 제자가 스승의 도움을 정중히 사양하며 말했다.

"제가 미혹했을 때는 스승이 건네주어야 마땅하지만 깨닫고 나면 저 스스로 건너는 것이 옳습니다."

스승은 강둑에 서서 어둠 속으로 떠나는 제자를 위해 손을 흔들어 주었다.

그 제자는 중국 선종의 큰 별이었던 혜능慧能이며, 스승은 명안明眼을 지녔던 홍인弘忍 선사다. 강서성江西省 구강九江에서 이별하는 장면이다. 이후로 두 사람은 생애를 마칠 때까지 다시는 만나지 못했다.

사제師弟 간의 사표라 할 만하다. 모름지기 스승과 제자의 관계는 이러해야 한다. 스승은 제자의 눈을 열어 주고, 제자는 열린 눈을 통해 세상과 만나야 한다. 저 어둠 속 강물이 제자가 부딪쳐야 할 현실과 무엇이 다르랴. 아무리 밤길이라 하더라도 지혜로운 자는 두렵지 않은 법이다. 스승이 가르쳐 준 길에 머물지 말고 제자는 스스로 걸어갈 줄 알아야 하는 것이다.

청출어람青出於藍이란 이런 뜻을 담고 있는 사자성어다. 얼음은 물에서 이루어지지만 물보다 차다. 이와 같이 제자는 스승을 뛰어넘어야 독자적인 완성을 이룰 수 있다. 스승에게서 배우는 것이 그의 그림자나 복제품이 되기 위해서는 아닐 것이다. 스승의 굴레에서 벗어나 독창적인 자기세계를 이루라는 말이다. 오죽했으면 9세기의 스승 임제 선사는 "부처를 만나면 부처를 죽이고,

조사를 만나면 조사를 죽여라!"고 일갈했을까.

스승을 극복할 때 비로소 자기 길이 열린다. 그 어디에도 예속되지 않아야 거듭날 수 있다.

라마Lama는 티베트어인데, 산스크리트어로는 '구루Guru', 즉 스승을 의미한다. 문자 그대로는 '무거운'이라는 뜻인데 삶에 대한 지혜로 가득 차서 무겁다는 의미다. 또한 '구'는 어둠을 의미하고 '루'는 물리치는 자를 의미하기도 한다. 따라서 어리석음을 타파해 주는 자가 스승이다.

참다운 스승이 되려면 어디에서건 '구루'가 되어야 한다. 그렇지만 위대한 스승이 되기도 어렵지만, 참다운 제자가 되는 것 또한 어렵다.

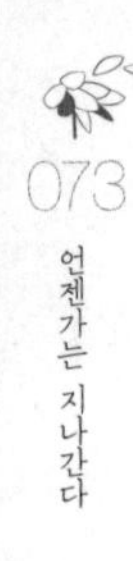

하나를 쥐면 하나는 놓아야 한다

어느 가난한 선비가 배를 타기 위해 강나루에 이르렀다. 강물은 여름 장맛비로 인해 많이 불어 있었다. 그날은 장날이라서 배를 타려는 사람들이 평소보다 몇 배 많았다. 뱃사공은 욕심이 나서 다른 날보다 두 배로 운임을 받았다.

가난한 선비는 주머니에 한 번 탈 수 있는 배삯밖에 없었기 때문에 배를 탈 수가 없었다. 잠시 후, 사람들을 가득 태운 배가 수심이 깊은 곳에서 전복되고 말았다. 그 모습을 멀리서 지켜보던 선비가 하는 말.

"돈 없는 게 나를 살렸구나."

현재, 돈이 없어서 불행한가. 이런 경우라면 돈이 있어서 오히려 화근이 된 셈이다. 우리는 돈 때문에 불행할 때도 있고, 돈 때문에 행복할 때도 있다. 부자라서 근심이 없으리란 법 없고, 가난하다 해서 근심만 있으리란 법은 더더욱 없다.

세상살이는 공평하다. 염일방일拈一放一, 하나를 쥐면 하나는 놓아야 한다. 두 가지를 다 가질 수는 없다. 부자는 자식이 적고, 자식이 많은 집에서는 끼니를 걱정한다. 또한 벼슬이 주어진 자에게는 지혜가 없고, 지혜 있는 자는 세상이 알아주지 않는 법이다. 어디 이뿐인가. 소는 윗니가 없고 호랑이는 뿔이 없으니 하늘의 이치는 균등하다고 할 만하다.

재물이 길흉화복을 결정짓는 것이 아니다. 인간의 일은 돈으로 살 수 있을지언정 하늘의 순리는 역행하지 못한다. 비록, 물질은 공평치 않다 하나 그 내용은 공평하다. 가난하다고 모든 일이 다 불행한 것은 아님을 상기하자.

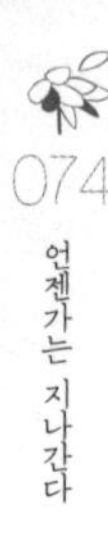

모방은 죽는 길이고 창조는 사는 길이다

알코올에 중독된 아버지에게 두 아들이 있었다. 세월이 흘러, 큰아들은 아버지처럼 술꾼이 되었고, 작은아들은 술꾼을 치료하는 의사가 되었다.

두 아들은 아버지 때문에 길이 달라졌다. 큰아들은 아버지 때문에 술을 배웠고, 작은아들은 아버지 때문에 술을 연구했다.

똑같은 아버지를 두었지만 결과는 다르다. 어리석은 자는 흙덩이를 쫓아가지만 지혜로운 자는 흙덩이를 던진 사람을 쳐다본다. 동시에 주어지는 상황이라도 어떤 이는 모방하고 어떤 이는 창조한다. 모방에만 머물러 있으면 반면교사反面教師는커녕 타산지석他山之石도 어렵다. 잘못된 삶의 방식을 과감하게 떨치고 일어나야 새로운 인생이 전개된다.

사람은 마음을 어떻게 쓰느냐에 따라 선인도 되고 악인도 된다. 원효 스님이 저술한 것으로 알려진 『발심수행장發心修行章』에는 이 같은 상황을 두고 이렇게 비유했다.

"똑같은 물이라도 소가 마시면 우유가 되고 뱀이 마시면 독이 된다."

075

조금씩의 결과가 무섭다

여우는 살구기름을 좋아한다. 그렇기 때문에 살구기름에다 독약을 섞어 여우가 다니는 길에 놓아둔다. 여우는 꾀가 많아서 쉽게 속지 않지만 시간이 지날수록 이런 생각을 한다.

'아, 내가 좋아하는 살구기름이다. 먹지는 말자. 하지만 보는 것은 어떠리.'

그리고 살구기름이 있는 곳으로 돌아와서 냄새를 맡는다. 그러다가 또 이런 생각을 한다.

'먹지는 말고 혀끝으로 맛만 보자.'

그 달콤한 맛이 혀끝을 자극한다. 그때 여우는 이렇게 말한다.

"조금 먹는 것은 괜찮겠지!"

그러고는 조금씩 먹기 시작하면서 절반 이상을 먹게 된다. 여우는 그 맛에 도취되어 이번에는 큰 소리로 외친다.

"죽든지 말든지 실컷 먹어 보자. 이 맛있는 살구기름을!"

그러나 여우는 그 맛있는 살구기름이 소화되기도 전에 피를 토하며 죽는다.

이 여우처럼 우리도 죽을 것을 뻔히 알면서도 멈추지 못하는 경우가 많다. 식탐도 이와 같다. 조금만 먹자, 조금만 먹자, 이번에만 먹고 안 먹는다고 결심한다. 그러나 그것이 쌓여 결국 음식이 독이 되는 경우가 허다하다. 무엇이든 금기하는 것은 그 유혹을 떨쳐 버리기가 더 힘들다. 그땐 그 이면에 숨어 있는 해악을 직관해야 한다. 나 또한, 어리석은 여우처럼 행동할 때가 더 많다.

지혜로운 자는 산을 넘는다

삶의 행로에서 고난과 장애가 생기면, 큰 산이 나타났다고
생각하자. 산을 무너뜨리는 어리석은 자가 어디 있는가.
지혜로운 자는 그 산을 넘어간다. 인생의 반전을 바란다면,
역경을 무서워하지 말라. 어리석은 자는 역경 앞에서 절망하지만
지혜로운 자는 역경을 기회로 바꾼다.

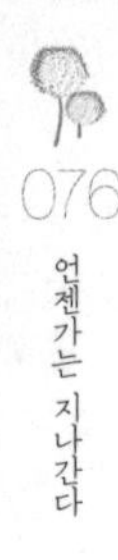

정보로부터 해방되는 것이 휴가다

미국의 한 언론사 편집인이 휴가에서 돌아온 후 친구에게 자랑을 했다. 호화로운 카리브 해의 휴가지에서 몇 날을 보내고 온 뒤였다.

"지금까지 내가 원했던 사치를 며칠 동안 누렸네."

이 말을 들은 친구가 대단한 대접을 받고 온 줄로 알고 물었다.

"아주 풍경이 아름다운 곳에서 멋진 밤이라도 보냈는가?"

그러자 편집인이 고개를 저으며 말했다.

"그곳은 신문도 컴퓨터도 없는 그런 곳이었네. 내가 생각하기에 순수한 천국이란 정보가 전혀 없는 곳이라네."

달리 명언이 아니다. 우리의 의식 한 귀퉁이를 툭 열리게 하면 일상의 대화라도 명언이다. 이 시대가 요구하는 휴가의 정의가 아닐 수 없다. 매일 수많은 정보 속에 길들여져 사는 우리들을 돌아보게 한다.

아마도 정보가 단절된 곳으로 여행을 떠나거나 그런 곳을 휴가지로 선택하라고 하면 망설이는 이들이 꽤 있을 듯하다. 휴양지에서 정보 검색을 할 수 없다면, 현대인들은 주어진 시간을 활용하지 못해 무료해하거나 불안해할 것이다. 조용한 시간과 마주하는 일에 익숙하지 않기 때문이다.

요즘 아이들에게 부모가 내리는 제일 겁나는 체벌은 컴퓨터와 휴대폰 사용을 금지하는 것이라고 한다. 어느새 정보수단이 아이들의 일상을 묶어 놓고 있는 것이다. 지금 시대에서는 자신도 모르게 정보에 중독된 채 살아가고 있는 셈이다.

통신의 발달은 정보를 공유하는 일에는 편리하지만 그만큼 인간 생활은 기계화되어 간다는 것을 방증한다. 머지않아 기계에 의존하지 않으면 아무것도 할 수 없는 때가 올지도 모른다. 점점 우리 인간이 문명의 소도구로 전락한다는 느낌을 지울 수가 없다.

세계적인 경제학자이자 문명비평가인 미국의 제레미 리프킨은 "이 세계 전체가 정보혁명의 시대에 뒤처질까 봐 안간힘을 쓰며 페달을 밟고 있다"며 기계적 세계관에 근거한 현대문명을 비판했다.

일 년에 한 차례 정도는, 뉴스가 없는 곳에서 사치스러운 휴가를 즐겨라.

옷이 학자가 아니다

한 농부가 물라 라스루딘에게 편지를 한 장 가져와서 읽어 줄 수 있는지 물었다.

편지를 보면서 물라가 말했다.

“필체가 엉망이라 알아보기 힘듭니다.”

그러나 농부가 계속 조르는 바람에 물라는 자신이 글을 읽을 줄 모른다고 실토할 수밖에 없었다. 농부는 화가 나서 욕을 퍼부었다.

“학자의 터번까지 쓰고 있으면서 편지도 읽지 못하다니!”

그때 물라는 터번을 벗어 앞으로 내밀며 말했다.

“터번을 쓰고 있으면 누구나 학자라고 생각한다면, 당신이 이걸 쓰고 편지를 읽을 수 있나 보시오.”

물라Mullah는 중동에서 널리 알려진 전설적인 인물이다. 그의 수많은 일화들은 입에서 입으로 전해져 오늘날까지 전파되고 있다. 이야기 속에서 그는 바보로, 현자로, 때론 수피즘의 위대한 스승으로 그려지기도 한다.

『금강경』에서는 '상을 떠나야 진짜 상을 볼 수 있다'고 했다. 형상에 속지 말아야 한다. 거지도 양복을 입으면 신사 대우를 받고, 신사라 하더라도 거지 옷을 입으면 천한 대우를 받는 게 세상 아니던가. 주택이나 자동차도 편리성을 넘어 과시의 용도로 이용되는 게 요즘 세태다.

티베트 동쪽 캄에 있는 족첸 사원 출신의 파툴 린포체(1808~1887)의 법문은 아주 의미심장하다.

"위대한 인물은 자기 자신을 숨기는 뛰어난 능력으로 인해 우리처럼 평범한 사람의 눈길을 피해 간다. 그와 반대로 영혼을 팔아먹는 돌팔이는 성자처럼 행동함으로써 다른 사람을 능숙하게 속여 넘긴다."

가식과 위선은 외모나 말투로 위장하는 것을 말한다. 그러므로 의복이나 장식품에 견주어 사람을 평가하지 말고 평판에 의해 사람을 헤아려라. 또 한 가지, 인기나 광고를 다 믿지는 말라. 그것은 우리가 가장 쉽게 속을 수 있는 수단이기 때문이다.

078

무욕의 삶으로 나아가라

불교 최고의 잠언집이라 할 수 있는 『법구경』에 이런 경문이 전한다.

성스러운 무상대도無上大道를 듣지 못하고
삿되게 살아가는 백 년보다
붓다의 위없는 가르침 알고 지내는
그 하루가 정녕 나은 것이다.

여기서 말하는 무상대도는 붓다의 가르침에만 한정되는 게 아니다. 올바른 진리를 알지 못하고 살아가는 하루하루는 그 의미와 가치가 가볍고 형편없다는 뜻이다. 탐욕과 투쟁의 길은 비록 백 년을 살지라도 바른 삶이 아니라는 것이다.

신라의 원효 스님이 남긴 "삼 일 동안 닦은 마음은 천 년의 보배가 되지만, 백 년 동안 탐낸 재산은 하루아침 티끌밖에 안 된다"는 법어의 핵심도 이와 다르지 않다. 청나라 3대 황제였던 순치의 출가시에 '속가의 100년, 3만6천 일이 절집에서 반나절 수행하는 것만 못하다'는 내용이 있는데, 이 또한 진리의 삶이 중요하다는 것을 강조한 것이다. 이는, 세속의 삶이 무의미하다는 것이 아니라 소유의 삶에 안주하지 말고 무욕의 삶으로 나아가라는 것이다.

"지금 이 시대의 죄악 가운데 무슨 죄가 제일 크겠는가? 그것은 돈을 잘못 쓰는 데 있다."

109세까지 장수했다고 전해지는 20세기 인도의 수도자 사이바바의 연설문에 나오는 표현이다. 결국 진리의 삶이란, 물질이 전부라는 잘못된 가치관을 바꾸는 것 아니겠는가.

번개 하나면 충분하다

일본의 하이쿠 시인으로 유명한 마쓰오 바쇼(松尾芭蕉, 1644~1694)는 파초를 좋아해 38세 때 집 마당에 파초를 심고 자신의 이름을 파초라 했다. 그가 살던 오두막은 파초암.

바쇼는 말년을 거의 여행으로 보낸 것으로 알려져 있다. 한번 집을 떠나면 몇 달씩 방랑하면서 수천 편의 하이쿠를 남겼다. 바쇼가 썼다고 전해지는 '방랑 규칙'을 읽으면 수행자와 같은 하이쿠 시인들의 고독과 일탈의 삶을 엿볼 수 있다.

그들은 같은 여인숙에서 두 번 잠을 자지 않았으며, 따뜻하지 않은 이불을 일부러 청해 덮었고, 옷과 일용품은 꼭 필요한 것 외에는 소유하지 않았다. 이런 가난하고 소박한 생활이 하이쿠의 언어를 만들어 낼 수 있었다.

바쇼는 여행 중에 병을 얻어 51세에 세상을 떠났는데 세상을 떠날 때까지 오직 하이쿠만을 생각했다. 그가 죽기 사흘 전에 쓴 마지막 하이쿠가 임종게가 되었다.

여행 중에 병이 드니
꿈속에서 온통
마른 들판을 헤매 다니네.

그의 시를 읽으면, 마치 군더더기 없는 선화禪畵를 마주하고 있는 것 같다. 하이쿠는 묘사도 의미도 지시도 없다. 최소한의 언어로 핵심을 단번에 포착한다. 그러나 그 번득임은 칼날보다 예리하다. 그래서 어느 문학비평가는 '딱 맞는 형식을 단번에 발견해 낸 간결한 사건'이라고 평했다. 어쨌거나 선사들이 단상에 올라 게송 한 줄에 심법心法을 전하는 것과 같은 매력이 하이쿠에 숨어 있다.

얼마나 놀라운 일인가,
번개를 보면서도
삶이 한순간인 걸 모르다니!

하이쿠는 한 줄의 법문이다. 일자일루 군말이 없다. 골수를 찌르고 가슴에 파고드는 생명력이 팽팽하다. 이런 점이 하이쿠 시의 활력이다. 생의 핵심을 일깨우는 데는 번쩍하는 번개 하나면 충분하다. 굳이 천둥까지 동원할 필요가 있겠는가.

해결을 요구하지 말고 해소를 강구하라

아름답고 담박한 시문으로 구성되어 있는『법구경』. 19세기 중엽, 이 경전을 라틴어로 번역하여 최초로 유럽에 소개한 덴마크의 석학 파우스벨은『법구경』을 '동방의 성서'로 불렀다. 현재, 이 경전은 유럽 지식인들 사이에서는 반드시 읽어야 할 교양서적 목록에 올라 있다.

이『법구경』에 다음과 같은 노래가 실려 있다.

지혜로운 이들은 쇠사슬이나 포승을
강한 속박이라 여기지 않네.
보석이나 패물 따위나 처자식에 대한 집착이
더 강한 속박이라는 걸 알기 때문이라네.

붓다가 이 세상에 다시 오신다면 돈을 많이 벌 수 있는 비책을 주실까? 내가 알고 있는 붓다는 그럴 분이 아니다. 어쩌면 벼락부자가 될 수 있는 방법보다는 돈이 없어도 행복해지는 방법을 일러 주기는 하실 것이다. 돈을 많이 벌 수 있는 방법은 일시적 방편은 될지언정 영원한 진리는 아니기 때문이다.

설사 황금이 소나기처럼 쏟아진다 하더라도 그것은 필경에 소멸될 것이기 때문에 추구해야 할 참진리는 아니다. 무상한 일에 전부를 쏟으면 언제나 허무와 고통이 뒤따른다.

그래서 붓다는 '해결법'보다 '해소법'으로 답답하고 고통스러운 마음을 치료해 주었다. 누구나 부자가 되고 싶어 하지만 그 부탁을 다 들어줄 수 있겠는가. 중생의 입장에서 가난을 면하게 해 주는 것은 신의 능력이라고 볼지 모른다. 그렇지만 어떤 절대

자라 하더라도 그 자신의 문제를 대신 해결해 줄 수는 없다.

그렇기 때문에 해결법은 결국에는 한계에 부딪히고 만다. 그러나 해소법은 그 근원을 알게 하는 가르침이므로 만인에게 두루 통할 수 있다. 목마른 사람에게 물을 주면 당장은 해결되지만 언젠가는 또 물을 찾는다. 당장의 갈증은 해결되었지만 그에게 잠재된 갈증은 해소되지 않았기 때문이다.

이런 논리라면, 돈에 대한 욕심이나 집착을 없애 주는 일이 보다 근본적인 해결책이라는 것을 알 수 있다. 그 어떠한 재물도 인간의 욕심을 다 채울 수 없을뿐더러 언젠가는 그 재물도 사라지기 때문에 고통의 해결은 아니다. 핵심은, 욕심의 해결보다는 해소에 있다. 그대들은 해결을 원하는가, 해소를 원하는가?

081

모래가 개흙 속에 있으면 검어진다

인도의 어떤 왕이 흰 코끼리 한 마리를 기르고 있었다. 이 코끼리는 기운이 세고 사나워서 전쟁에 나가기도 하고, 또 중죄인이 있으면 밟아 죽이기도 했다.

그런데 어느 날 코끼리의 축사가 불에 타 버려 다른 곳으로 옮기게 되었다. 마침 그곳의 근처에는 절이 있어서 경 읽는 소리가 항상 들렸다. 밤낮으로 독경 소리를 들은 코끼리는 마음이 온순해지고 자비심을 갖게 되었다.

그 무렵 사형에 처할 죄인이 생기자 코끼리에게 데리고 갔다. 그러나 코끼리는 코끝으로 죄인의 몸을 핥기만 하다가 다른 쪽으로 가 버렸다. 이 같은 행동을 보고 왕이 신하에게 물었다.

"대체 어찌된 까닭이냐?"

"코끼리를 가두어 둔 곳 근처에 절이 있는데, 코끼리가 매일 경전의 가르침을 듣고 있었던 것 같습니다. 아마 코끼리를 도살장 근처로 데려다 놓으면 틀림없이 악심을 품을 것입니다."

왕은 즉시 신하에게 코끼리를 도살장 근처로 옮기라고 명했다. 그날 이후 코끼리는 인간이 동물을 잔인하게 죽이는 광경을 매일 보게 되었다. 그러자 신하의 예상대로 코끼리는 예전처럼 악독해져서 죄인들을 참혹하게 밟아 죽이게 되었다.

불교 경전에 실려 있는 우화다. 짐승도 경 읽는 소리를 듣고 지낼 때와 도살장 옆에서 지낼 때의 성격이 전혀 다른데 하물며 사람이랴. 맹자의 어머니가 유별나서 교육환경을 세 번씩이나 바꾼 것이 아니다. 환경이 인간의 성품에 깊이 스며들기 때문이다.

붓다가 "향 싼 종이에서는 향내가 나고 생선을 싼 종이에서는 비린내가 난다"고 하신 것도 이런 뜻에서다. 인간의 본성은 본래 맑고 공적空寂하다. 다만 그 인연에 따라 복을 일으키기도 하고 죄를 일으키기도 한다. 그래서 어진 이를 가까이 하면 뜻이 높아지고, 어리석은 자를 벗하면 재앙이 따르는 법이다.

"쑥대가 삼대 속에서 자라면 부축해 주지 않아도 곧으며, 흰 모래가 개흙 속에 있으면 모두 검어진다."

이것은, 순자荀子의 가르침이다.

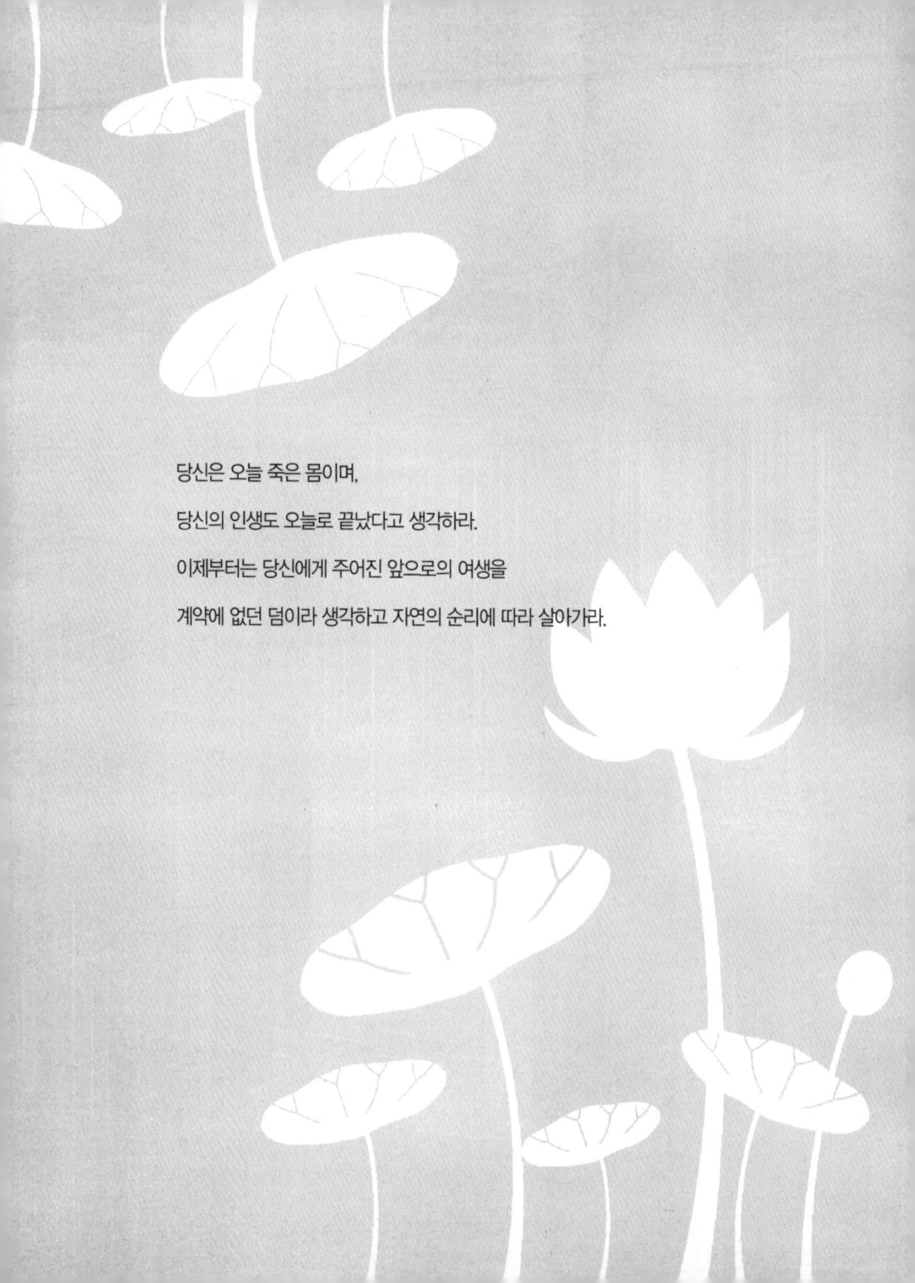

당신은 오늘 죽은 몸이며,

당신의 인생도 오늘로 끝났다고 생각하라.

이제부터는 당신에게 주어진 앞으로의 여생을

계약에 없던 덤이라 생각하고 자연의 순리에 따라 살아가라.

앞으로의 여생은 덤이다

"당신은 오늘 죽은 몸이며, 당신의 인생도 오늘로 끝났다고 생각하라. 이제부터는 당신에게 주어진 앞으로의 여생을 계약에 없던 덤이라 생각하고 자연의 순리에 따라 살아가라."

이 말은 로마제국 16대 황제이자 철학자였던 아우렐리우스의 『명상록』에 있다.

오늘, 나는 죽었다고 생각해 보라. 내일 또 살아 있음에 감사하게 된다. 그러나 그 내일도 그날이 되면 오늘이 아니던가. 오늘 하루가 내 생의 마지막이라는 각오는 하루의 의미를 값지게 한다. 만약, 오늘 생을 마감하지 않았다면 내일부터의 삶은 덤이라고 생각하라.

과거는 이미 가고 없어 잡을 수 없고, 미래는 오지 않아 잡을 수 없으며, 현재는 변하고 있어 잡을 수 없다. 지금도 흘러가고 있다. 죽음을 앞둔 사람들이 가장 후회하는 것은 '삶을 그렇게 살지 말았어야 했다'는 것이다. 그런 후회를 하지 않으려면 오늘, 더 열심히 호흡해야 할 것이다.

미국 루즈벨트 대통령의 영부인이었던 엘리노어 여사는 이런 연설문을 남겼다.

"어제는 역사history, 내일은 신비mystery, 오늘은 선물gift입니다."

새로운 답을 찾아라

초등학교에 갓 입학한 아들이 어머니에게 시험지를 보여 주었다. 그 시험지는 국어시간에 치른 '반대말 쓰기' 시험지였다. 그런데 아들의 시험지에는 모두 'x'가 표시되어 있었다. 어머니는 영점짜리 시험지를 자세히 살펴보았다. 모두 틀리게 된 이유는 이런 것이었다.

'하늘'의 반대말을 쓰시오. 늘하.
'길다'의 반대말은? 다길.

어머니는 비록 선생님이 원하는 답으로는 틀렸지만 인생의 답으로는 틀린 것이 아니라며 아들의 머리를 쓰다듬어 주며 칭찬했다. 아들의 창의적인 생각을 읽은 것이다.

우린 지금 너무 정형화되고, 의식화된 답만 말하고 있지는 않는가. 우리가 알고 있는 정답은 어디까지나 일종의 약속이다. 이곳에서의 정답이 저곳에서는 통용되지 않을 때도 있다. 다시 말해 우리가 지식으로 알고 있는 답에 대한 반문이 필요하다는 뜻이다. 일찍이 새로운 분야를 개척한 발명가들은 고정된 답을 거부한 사람들이다. 실험정신은 언제나 새로운 답을 쓰려고 하는 이들의 몫이다.

어머니는 어디까지나 자식이 지니고 있는 '생각의 싹'을 존중할 줄 알아야 한다. 자신의 잣대로 싹둑 잘라내면 아이들은 고정된 답 속에서만 살게 된다. 이 사실을 기억해 두면 좋을 것 같다.

우물에 침을 뱉지 마라

"척박한 땅에 나무를 많이 심는 사람일수록 나무 그늘 아래서 쉴 틈이 없다. 정작 나무 그늘의 혜택을 많이 받는 사람들은 그가 뙤약볕 아래서 열심히 나무를 심을 때 쓸모없는 짓을 한다고 그를 손가락질하던 사람들이다."

우리 시대의 감성작가로 통하는 이외수의 책에서 읽은 내용이다. 박정희 대통령 시절, 경부고속도로를 건설할 때 야당 정치인들은 이구동성으로 경제적 손실이라고 비난했다. 그러나 세월이 흐른 뒤 그들은 대통령이 되었고, 그 길을 더 많이 이용하게 되었다.

우물에 침을 뱉은 자가 언젠가 그 물을 마시게 된다. 남의 행동을 자기 안목에서 재단하거나 평가하지 마라. 언제 그 사람의 은덕을 입을지 모른다. 비난을 즐기는 자가 되기는 쉬우나 그 비난을 감수하는 자가 되기는 어렵다.

아메리칸 인디언의 속담에 이런 표현이 있다.

"달이 두 번 바뀔 동안 이웃의 신발을 신어 보기 전에는 그 이웃에 대해 이러쿵저러쿵 말하지 말라."

즉, 입장을 바꾸어 보기 전에는 선불리 흉을 보아서는 안 된다는 뜻이다. 살다 보면 인생도 역전되지만 상황도 역전되는 수가 있다. 이 순리를 거듭거듭 살펴보라.

085

꿈을 깨야 진정한 자유다

어떤 사람이 강도에게 쫓기고 있었다. 아무리 도망쳐도 강도를 따돌릴 수가 없었다. 급기야 힘이 빠져 목숨을 잃을 지경에 이르렀다. 더 이상 벗어날 수 없는 상황이 된 것이다. 그는 두려움에 떨면서 살려 달라고 고함을 힘껏 질렀다. 그 순간, 눈이 번쩍 떠졌다.

이 사람은 꿈을 꾸고 있었던 것이다. 꿈속에서는 위기를 모면하기 위해 아무리 도망쳐도 끝이 나지 않는다. 무슨 수를 쓰더라도 꿈속의 놀음일 뿐이다. 이때는 꿈에서 깨어나야 한다. 그러면 쫓는 자도 사라지고 쫓기는 자도 동시에 사라진다.

불교의 가르침에서는 꿈에서 깨어나라고 말한다. 인생이 한바탕 꿈 타령인데, 그것이 진짜인 줄 알고 착각하며 살아가고 있는 까닭에 그렇다. 그러나 아무리 꿈이라고 말해도 꿈에서 깨려 하지 않는다. 욕락慾樂으로 가득 찬 인생이므로 깨기에는 너무 달콤한 꿈이기 때문이다.

삶이 덧없다고 말하지만 여전히 삶에 집착하는 우리들. 꿈인 줄 알지만 여전히 그 속에 머물고 있다. 그래서 불교에서는 교몽대각攪夢大覺을 강조한다. 꿈에서 깨는 것이 진정한 깨달음이란 뜻. 달리 말하면 불교의 핵심은 좋은 꿈을 꾸려 하지 말고 꿈에서 깨라는 것이다.

중생의 자유는 꿈속에서의 자유이고, 깨친 사람의 자유는 꿈을 깬 뒤의 자유이다. 세상의 모든 일이 꿈 놀음이다. 돈도 명예도 사랑도 그저 꿈이다. 그 꿈을 깨는 일이 참 어렵다.

너무 일찍 뜻을 이루지 말라

소년등과少年登科 부득호사不得好死.

고인의 말씀으로 잘 알려진 이 말은 율곡 선생의 문집에도 있다. 일찍 벼슬에 오르면 그 끝이 좋지 않다는 말이다. 여기서 '좋게 죽을 수 없다'는 말은 결코 순탄한 삶을 살 수 없다는 의미도 된다. 또한 말년이 좋지 않다는 뜻도 숨어 있다.

너무 일찍 출세하거나 두각을 나타내면 자만심과 호승심 때문에 오히려 인생에서 독이 될 수 있다. 어찌 보면 인생은 길다. 그래서 약관의 나이에 뭔가를 이루지 못해서 조바심을 내거나 열등감을 가질 필요가 없다. 너무 일찍 뜻을 이루어 버리면 그 생명이 빨리 끝날 수 있음을 명심해야 한다.

한때 영재니 수재니 하던 아이들이 성장하면서 다시 평범하게 되는 경우가 많다고 들었다. 어린 시절부터 너무 앞서 가면 뒷심이 부족하여 도약하지 못하고 오히려 뒤처지기 쉽기 때문에 그렇다. 젊은 날의 인기나 명예는 삶의 함정이 되기 쉽다. 그러므로 이른 나이에 인생이 잘 풀리는 것을 경계해야 한다. 인생 전반부만큼 후반부도 중요하기 때문이다.

인생의 중반 이후부터 이름을 알리는 사람이 우리 사회에는 더 많다. 이런 사람은 경험과 철학이 풍성하여 노년 또한 궁핍하지 않다. 비유하자면, 인생은 장거리 달리기다. 숨고르기를 잘해야 결승점까지 순탄하게 나아갈 수 있다. 인생 초반부터 힘을 다 쓰지 마라.

불쑥 우리를 찾아온다

"믿을 수 없는 저승사자는
할 일을 다 했건 못 했건 간에
병이 들었거나 병들지 않았거나
언제라도 불쑥 찾아드니 믿을 수가 없다."

1천여 년 전 인도의 수행자로 『입보리행론』을 저술했던 샨티데바의 법문이다.

우리는 죽음을 삶의 일부분으로 인정하려고 하지 않는 경향이 짙다. 그래서 죽음을 애써 외면하려고 한다. 상여를 꽃으로 치장하고 무덤을 마을 멀리 조성하는 것도 죽음을 삶 밖의 일로 인정하려는 태도일 수 있다.

죽음은 언제든 내 일이 될 수가 있다. 따라서 오늘 살다가 내일 떠날지 모른다. 먼저 간 자는 오늘 떠난 사람이고, 살아 있는 자는 아직 떠나지 못한 사람이라는 차이일 뿐이다.

죽음을 준비하지 않다가 어느 날 사자死者가 우리를 불쑥 방문한다면 얼마나 당황스럽고 두려울 것인가. 우리는 다른 일을 기다리다가 결국은 기다리지도 않았던 죽음과 직면하게 되는 게 아니던가.

죽음. 이 단어만큼 우리를 겸손하게 만들고 엄숙하게 삶을 돌아보게 만드는 글자도 없다. 이 엄연한 사실 앞에서는 그 어떤 욕심도 내려놓을 수 있다.

종종 죽음을 떠올려라. 그것만이 현재의 삶을 반성하게 하고 지친 인생을 위로할 수 있을 것이다.

생각이 많으면 핵심을 놓친다

한 교수가 아내에게 말했다.

"우리가 이렇게 무지했다니! 거의 모든 사람들이 자신의 특정 분야에 대해서만 전문가야. 그 때문에 편협하게 되기 십상이지."

"그래, 맞아요."

아내가 맞장구를 치자 교수가 다시 말했다.

"나는 나 자신이 현대과학을 따라가지 못하고 있다는 사실에 얼마나 부끄러운지 모르겠소. 저 전등을 예로 들어 봅시다. 나는 도무지 저 불이 어떻게 켜지는지 모르겠소. 정말 놀라운 일이오."

그러자 아내가 미소를 지으며 말했다.

"어머, 당신이 그런 것도 몰랐다니 그게 더 놀랍군요. 그건 정말 간단해요. 이렇게 스위치만 누르면 되잖아요?"

우린 너무 복잡하게 세상을 살고 있는지 모른다. 또한 관점을 바꾸면 해결될 일을 며칠 동안 고민하고 있는 경우도 있다. 보다 단순해질 필요가 있다. 단순해진다는 것은 자신이 알고 있는 지식과 사고思考에서 한 발짝 물러난다는 것을 말한다.

신제품을 구입했을 때 설명서가 너무 길고 두꺼우면 미리 겁을 먹는다. 중요한 것은 사용하는 데 있다. 자동차는 움직이면 되고, 냉장고는 문을 열고 닫으면 되고, 휴대폰은 통화하면 되는 것이다. 비행기의 구조는 기술자가 연구하면 된다. 그것까지 알려 하면 머리가 아프다.

우리가 사는 일에서 고상한 이념이나 철학이 반드시 필요한 것은 아니다. 원칙과 상식을 필요로 할 때가 더 많다.

이 세상을 방문했을 뿐이다

인도 뿌나의 '라즈니쉬 아쉬람'에 세워져 있는 라즈니쉬의 비명은 방문자의 눈길을 끈다.

라즈니쉬는 인도 자이나교의 한 가정에서 출생하여 22세에 깨달음을 얻은 뒤 40세부터 뭄바이와 뿌나에서 가르침을 펴다가 1990년 1월 19일 세상을 떠났다. 그를 따르는 동서양의 많은 제자들이 그에게 '바다와 같은 자' '축복 받은 자'라는 의미를 지닌 오쇼Osho를 헌사했다. 그의 무덤에 세워진 비석의 내용은 이렇다.

"나는 결코 태어난 적도 없고 나는 결코 죽은 적도 없다. 나는 단지 이 세상을 방문했을 뿐이다. 1931년에서 1990년까지."

이 세상 오고 가는 것은 구름 하나 생기고 없어지는 것과 같다. 그렇다면 생生은 이 세상을 잠시 방문하고 돌아가는 과정일 테다. 소풍 끝내고 돌아가는 의식이 죽음이다. 그러므로 아옹다옹 살 일이 아니다.

주옥같은 시를 발표하여 많은 국민들의 사랑을 받았던 조병화 시인도 그의 비문에 이렇게 남겼다.

"나는 어머님 심부름으로 이 세상에 나왔다가 이제 어머님 심부름 다 마치고 어머님께 돌아왔습니다."

그대들은 어떤 묘비명을 남길 것인가?

살아 있을 때 묘비에 새겨 놓을 최후의 한마디를 미리 적어 보라.

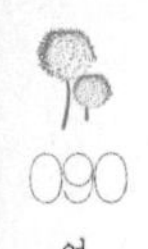

밖으로 드러날 때 꽃이 된다

어느 선사가 말했다.

"거미가 줄을 뽑는다고 거미 뒤를 자르면 뭐가 있더냐?
누에가 실을 뽑는다고 누에 입을 자르면 뭐가 있더냐?
봄마다 피는 꽃이 예쁘다고 해서 나무를 쪼개면 그 속에서 꽃을 찾을 수 있더냐?
다만, 밖으로 드러날 때 실이 되고 꽃이 되는 법이니라."

마음 안에 있는 부처를 찾겠다고 몸을 쪼갠다면 어찌 되겠는가. 몸만 망친다. 참부처는 몸을 의지하여 그 성품을 드러내는 것. 자성自性은, 마음 안에서 따로 찾아야 할 성질이라기보다는 스스로 밝혀야 할 부분이다.

번뇌 또한 실체나 뿌리가 없다. 다만 어떤 사건에 대한 내면의 풍경일 뿐이다. 번뇌와 고통을 해소할 목적으로 스스로를 학대하지 말라. 마치 전구처럼, 불빛을 찾는다고 분리하면 불빛은 없다.

욕은 욕일 뿐이다. 만일 욕을 먹었다면 그 욕을 해부하지 말라. 속상한 마음은 자신의 마음에서 일어난 것이다. 그냥 두면 물거품처럼 사라진다.

인생의 내리막을 대비하라

인생 지침을 전해 주는 책이라 할 수 있는 『주역』의 44번째 괘는 '천풍구天風姤'이다. 위에는 하늘乾이 있고 아래에는 바람風이 있는 형상이다. 위로는 전부 양陽으로 되어 있는데 맨 밑에 음陰이 하나 자리잡고 있는 셈이다. 이것은 위는 든든한 것 같아도 아래로 바람이 술술 들어오는 형국이기도 하다. 기초가 되는 무엇 하나가 고장 난 것이다. 시간이 흐르면 그 하나가 전부를 무너지게 할 수 있다는 암시다.

이 괘는 지금은 정점이지만 점점 그 기운이 약해지는 것을 비유한다. 바람이 불어오면 한여름 더위도 물러나는 법. 인생에서 정점이 있으면 그 다음에는 내려와야 한다. 그 시절을 잘 알아야 인생이 허황되지 않다. 미리미리 내리막길에 대비하라는 뜻이다.

그런데 이 천풍구의 반대 괘는 '지뢰복地雷復'이다. 다섯 음효 아래 양효 하나가 솟아오르는 모양이다. 이 모습은 꽁꽁 언 땅에서 다시 양의 기운이 시작되고 있는 것이다. 인생으로 치자면 다시 기회가 도래한다는 의미다.

밤이 가면 낮이 오고, 낮이 지나면 다시 밤이 온다. 이 순환의 원리를 인생사에 적용해 보면 좋은 일과 나쁜 일은 교차한다고 할 수 있겠다. 그러므로 이 두 가지 괘를 통해 인생에서는 영원히 좋은 일도 없고 그렇다고 나쁜 일만 연달아 생기지도 않는다는 이치를 배울 수 있다. 이처럼 인생사는 크게 보면 오르막내리막길의 원리다. 이 점을 잘 기억하라.

092

당신의 머리는 차게 하고 발은 따뜻하게 하라

네덜란드의 유명한 의사이면서 화학교수였던 부르하페(1668~1738)가 죽으면서 단단히 봉합된 한 권의 책을 남겼다. 『의학에서 오직 한 가지의 심오한 방법』이라는 제목의 책이었는데, 거기에는 평생 연구했던 장수의 비결이 담겨 있었다.

워낙 유명한 사람이라 이 책은 경매시장에 나왔고, 많은 사람들이 경매에 참가해서 어느 백만장자에게 2만 달러에 낙찰되었다. 이 책을 구입한 사람이 떨리는 손으로 봉합된 것을 뜯었다. 그런데 그 책에는 몇 줄의 글만 메모되어 있었고, 나머지는 백지였다. 거기에는 이렇게 쓰여 있다고 들었다.

"당신의 머리는 차게 하고 발은 따뜻하게 하라. 그렇게 하면 당신은 건강하게 지낼 수 있고 의사는 할 일이 없어진다."

당대 최고의 의사가 남긴 건강비법은 이것이었다.

이를 한문으로 쓰면 '두한족열頭寒足熱'이다. 동서양을 막론하고 건강 상식은 같다. 건강을 위해서는 인체의 끝 부분인 손발을 따뜻하게 보호해야 한다. 손발이 차면 건강에서 이상 징후다. 또한 머리에 열이 차면 기氣의 운용에 실패한 사람이다.

사람의 정상적인 체온은 36도. 그 이상 오르면 고열이며 위험하다. 어느 해 여름, 열이 39도까지 치솟아 병원 신세를 진 적이 있다. 새삼 두한족열의 상식을 깨달았다. 그때 머리는 열로 가득 차 있는데 손발은 싸늘하게 차가웠다. 이 원리가 거꾸로 되면 환자가 되는 것이다. 그래서 건강한 사람은 머리는 서늘하고 손발은 따뜻하다.

선가禪家에 전하는 생활 규범이 있다.

두량족난복팔분頭凉足煖腹八分.

두량이란 머리는 시원하게, 족난이란 발은 따뜻하게, 복팔분이란 음식은 배에 가득 채우지 말고 조금 부족한 듯 80%만 채우라는 뜻이다. 결국 스트레스를 조심하고 과식을 피해야 병원 갈 일이 없어진다는 충고다.

소중한 것은 작은 것이다

티베트는 대부분의 도시가 해발 3500미터 이상의 고원지대에 있기 때문에 여행자들은 고산증세에 대비하기 위해 휴대용 산소 용기를 구입한다. 이 용기는 1개당 우리 돈으로 3000원 정도 하는데 14리터가 들어 있다. 14리터면 5분 정도 마실 수 있는 산소량이다.

이것을 돈으로 환산해 보면, 우린 5분에 3000원어치 정도의 공기를 공짜로 마시는 셈이다. 즉, 14리터의 공기를 5분마다 제공받는 혜택을 누리는 것이나 다름없다. 이 얼마나 감사한 일인가. 티베트에서 새삼 산소의 고마움을 알았고, 산소 부족은 두통, 어지럼증, 구토, 심장떨림 등 여러 가지 부작용을 초래한다는 것을 몸으로 체험했다.

그런데 우리는 우리가 사는 곳에서 산소 부족으로 고통 받은 적이 있는가. 또한 일상에서 간절한 마음으로 '산소가 부족하지 않게 해 달라'고 기도해 본 적이 있는가. 누구든 불편을 겪어 보지 않으면 그 고마움을 잊고 살기 쉽다.

이처럼 정말 소중한 것은 너무 작아서 느끼지 못한다. 불편하지 않다는 것은 구비되어 있다는 것을 의미한다. 이미 구축되어 있어서 너무나 당연한 조건들은, 더 이상 일상적이지 않을 때 전부였다는 것을 알게 된다.

그래서 위대한 명상가 라즈니쉬는 이런 가르침을 전한다.

"행복은 산소와 같은 것이어서 행복할 때는 그것의 존재를 모른다."

지혜로운 자는 산을 넘는다

나는 아직 가서 보지 못했지만, 미국의 앨라배마 주 엔터프라이스 지역에는 이상한 기념탑이 있다고 한다.

1895년 목화를 주업으로 하는 이곳에 목화를 먹어 치우는 벌레떼가 습격하는 바람에 주민들이 목화업을 포기하게 되었다. 주민들은 목화 대신 땅콩을 심기 시작했는데, 1919년에 이르러 이 지역의 땅콩 생산량이 미국 제일을 자랑하게 되었다. 이를 기념하여 주민들은 기념탑을 세우게 되었고, 그 탑에 이런 글귀를 적었다고 한다.

"그들이 준 고난으로 말미암아 우리에게 번영이 찾아왔으니……."

역경이 어쩌면 기회 아닐까. 그러므로 당장 계획했던 일이 뜻대로 진행되지 않았다고 낙담할 필요가 없다. 어디까지나 자신의 뜻대로 안 되었을 뿐, 하늘의 뜻은 다른 데 있는지도 모를 일이다. 반대 없이는 어떤 사람도 진보하지 않는 것처럼 역경 없는 인생은 성장할 수 없다. 따라서 시련을 잘 활용하면 또 다른 기회를 제공받는 행운이 될 수도 있다.

역사적으로 경천위지經天緯地의 인물들을 분석해 보면 인생의 절반 이상은 역경의 삶이었다. 삶의 행로에서 고난과 장애가 생기면, 큰 산이 나타났다고 생각하자. 산을 무너뜨리는 어리석은 자가 어디 있는가. 지혜로운 자는 그 산을 넘어간다.

인생의 반전을 바란다면, 역경을 무서워하지 말라. 어리석은 자는 역경 앞에서 절망하지만 지혜로운 자는 역경을 기회로 바꾼다. 『채근담』의 저자 홍자성洪自誠도 "사람이 역경에 처했을 때는 그를 둘러싼 환경 하나 하나가 모두 불리한 것처럼 생각된다. 그러나 사실은 그것들이 몸과 마음의 병을 고칠 수 있는 힘이요, 약이 된다"고 일러 주었다.

구겨진 종이가 멀리 날아가는 법이다. 역경을 약초로 삼느냐 독초로 삼느냐는 어디까지나 자신의 몫이다.

인생철학이 여기에 있다

노자가 나이 많은 친구 성창과 함께 늙어 감에 대해 이야기를 나누게 되었다. 노자는 친구에게 그토록 장수하는 비결이 무엇이냐고 물었다. 그러자 성창이 입을 벌리고 되물었다.

"내 치아가 아직도 있는가?"

노자가 대답했다.

"아니, 없네."

친구가 또 물었다.

"내 혀는 아직 있는가?"

"그럼, 있다마다."

그러자 친구가 다시 물었다.

"이제 알겠나?"

이때 비로소 노자가 고개를 끄덕이며 말했다.

“알 것 같네. 부드러운 것이 강한 것을 이긴다, 이 말 아닌가?”

이 말을 듣고 친구 성창이 웃으며 한마디를 더 보탰다.

“그렇다네. 그것이 자네가 알아야 할 인생철학의 전부일세.”

이 속에 인생철학이 다 있다. 강하면 쉬 부러지고 딱딱하면 쪼개지기 쉽다. 사람 또한 교만하면 겸양을 모른다. 티베트 스승의 법문에 “교만이라는 둥근 공 위에서는 학식의 물이 고이지 않는다”는 말이 있다. 교만이 높으면 아무리 귀한 가르침이라도 전혀 도움이 되지 않는다.

왜 이기려고만 하는가? ‘지는 것이 이긴다’는 말의 뜻을 새겨 보자. 이는 스스로 유연해질 때 승패와 상관없이 그 상황을 흡수한다는 것이다. 인생을 길게 보면, 목에 힘을 준 자보다 고개를 먼저 숙인 자가 이긴다고 봐야 한다. 왜냐하면 목에 힘을 준 자는 언젠가는 적수와 충돌하여 화를 입는 까닭이다.

미루면 그 때는 오지 않는다

어느 수도자에게 친구가 한 명 있었다. 그의 이름은 장조류張曹流. 그에게 나눔과 봉사의 삶을 실천하라고 권할 때마다 그는 수도자를 보며 이렇게 말했다.

"그렇지 않아도 나도 그럴 생각이네. 하지만 세 가지 중요한 일이 남아 있어서 그것만 해결되면 바로 시작할 것이네."

"그 세 가지 일이 무엇인가?"

"첫째는 지금 하는 일로 돈을 벌어서 부자가 되는 것이고, 둘째는 아들 딸 모두 혼인시키는 것이고, 셋째는 아들이 출세하는 것을 보는 것이라네."

그런데 어느 날 그 친구의 부고를 받았다. 물론, 생전에 약속했던 세 가지를 이루지 못한 채 눈을 감고 말았다. 수도자는 그 친구의 영전에 다음과 같은 조문을 지었다.

나의 친구여!

좋은 일 권할 때마다 세 가지 일을 마친 후에 한다고 했지.

염라대왕 그분도 참 배려 없는 양반이네.

세 가지 일을 다 마치기도 전에 끌고 갔으니.

그 어떤 일이든 미루면 그 때는 결정코 오지 않을지 모른다. 숨쉬고 있는 지금, 자신의 처지에서 조금씩 실천해야 옳다. 우리 생애에서 내일이 먼저 올지 죽음이 먼저 올지는 아무도 모른다. 그러므로 선행과 봉사는 목적을 이룬 뒤에 할 일이 아니라 목적의 과정으로 실천해야 후회하지 않는다.

"변명 중에서 가장 못난 변명은 '시간이 없어서' 라는 변명이다." 발명왕 에디슨의 충고다.

097

서로에게 동행이 되고 있는가

젊은 부부가 산사를 찾아왔다. 두 사람은 이혼을 생각하고 있었다. 그래서 인연을 맺어 준 스님에게 인사를 할 작정이었다. 스님은 따로 불러서 남자의 말을 들어 보고, 다음엔 여자의 말을 들어 보았다. 갈등의 핵심은 자존심이었다. 자존심은 아상에서 비롯된 고약한 습관이다.

잠시 후 두 사람은 법당으로 들어갔다. 서로 마주 보고 절을 하라고 일러 주었기 때문이었다. 정성스럽게 한 번 두 번 절을 하기 시작했다. 그러던 중 여자가 갑자기 울음을 터뜨렸다. 남자도 그를 따라 울었다. 눈물은 감정의 물꼬가 트이는 신호다. 딱딱한 얼음도 녹으면 물이 되는 이치와 같다.

부부는 손을 잡고 산사를 찾던 그 길을 되돌아갔다. 그들은 서로 마주보며 이해와 존중만이 오해와 아집을 이길 수 있다는 것을 배웠던 것이다.

결혼에는 세 개의 반지가 있다는 말이 전한다. 약혼반지, 결혼반지, 그리고 고통의 반지. 부부의 생활에는 행복만 있는 게 아니라 문제도 있을 수 있다는 뜻이다. 따져 보면 결혼의 성공은 이 부분을 인정하고 받아들이는 데 달려 있을 것이다.

어느 인디언 부족은 결혼하는 남녀에게 활과 화살을 선물로 준다. 활과 화살은 서로에게 꼭 필요하면서 보완하는 작용을 하지만 서로 떨어지면 쓸모가 없어진다. 부부란 활과 화살 같은 존재라는 것이다.

아파치족 인디언들의 결혼 축시에 이런 내용이 있다.

이제 두 사람은 비를 맞지 않으리라

서로가 서로에게 지붕이 되어줄 테니까

이제 두 사람은 춥지 않으리라

서로가 서로에게 따뜻함이 될 테니까

이제 두 사람은 외롭지 않으리라

서로가 서로에게 동행이 될 테니까.

젊은 부부들이여. 그대들은 성혼선언문을 기억하는가. 그 언약을 잊으면 갈등의 원인이 될 수도 있다는 것을 알아야 한다. 부부는 촛불 켜고 마주 보는 사이다. 은은한 불빛 아래에서는 결점이 잘 보이지 않는 법. 부부가 서로 잘 안다는 것은 결점보다는 장점을 더 많이 보고 있다는 뜻이다. 서로에게 물어보라. 이 순간 서로에게 지붕이 되고, 따뜻함이 되고, 동행이 되고 있는지를.

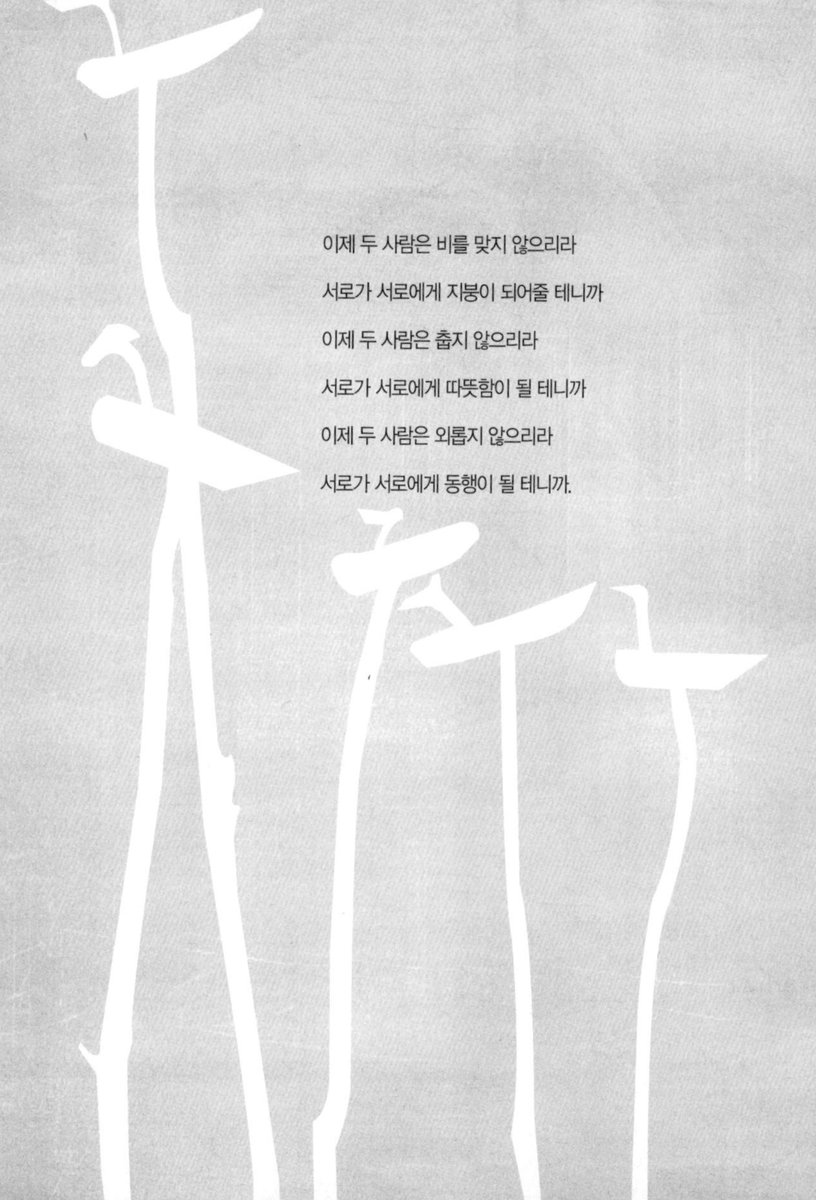

이제 두 사람은 비를 맞지 않으리라

서로가 서로에게 지붕이 되어줄 테니까

이제 두 사람은 춥지 않으리라

서로가 서로에게 따뜻함이 될 테니까

이제 두 사람은 외롭지 않으리라

서로가 서로에게 동행이 될 테니까.

크게 놓으면
크게 평화로울 것이다

초보 수행자에게 스승이 질문했다.

"호흡관찰을 하는 도중에 어떤 생각들이 일어났는가?"

"제게는, 아무 생각도 없었습니다. 몸도 마음도 고요하여 오늘은 명상이 잘 되었습니다."

스승이 말했다.

"그대는 그동안 죽어 있었는가? 생각이 없었다면 필경 죽어 있었음에 틀림없다."

무념무상의 상태가 명상의 목표는 아니다. 진정한 평화는 환경이나 여건의 변화에서 오는 것이 아니다. 내면의 변화에서 얻을 수 있다. 그래야 어떤 상황에서도 흔들리지 않는다.

생각하는 자체가 실존의 증거라고 생각해 보지는 않았는가.

죽은 사람은 아무런 생각이 없어서 편안할 것이지만 살아가는 재미를 모른다. 육체가 있으면 그림자가 따르듯 잡념은 살아 있는 자의 몫이다. 그렇지만 나무 그늘에서는 그림자가 몰록 사라지고 만다. 왜 그럴까? 그건 그림자 속으로 들어갔기 때문이다. 즉, 망상을 피하지 말고 그 망상을 흡수해야 한다.

케임브리지 대학에서 이론물리학을 전공한 후 스스로 출가한 영국 출신의 승려 아잔 브라흐마. 그가 쓴 마음을 위한 안내서 『술취한 코끼리 길들이기』에 실려 있는 법문은 이렇다.

"마음을 내려놓는 것은 고통을 제거하기 위한 수단이 아니라 고통으로부터 자유로워지기 위한 방법이다. '고통이여, 네가 나에게 무슨 짓을 하든 내 마음의 문은 너에게 언제나 열려 있다. 안으로 들어오라'고 허락하는 것이다. 즉, 고통을 통제하려는 마음을 버리는 것이 내려놓는 것이다."

불교의 전통적인 해답은 '그냥 내려놓아라!'이다. 잡념이든 망상이든 내려놓으면 된다고 설명한다. 이것 외에는 달리 방법이 없기도 하다. 뜨거운 컵을 손에 쥐고 있으면 그냥 놓는 수밖에 없다. 눈덩이처럼 만지고 놀수록 계속 불어나는 것이 망념이니까.

썩은 치아를 뽑았다고 하자. 치통을 의식 속에 붙들고 있으면 계속 아프다. 치통을 거부하려고 하는 생각 때문에 더욱 아프게 느껴진다. 치아를 뽑고 나면 당연히 아픈 것 아닌가. 아픔을 수용하면 아픔을 잊는다. 아픔의 상황에 들어가면 아픔이 사라진다. 그림자 속에서 그림자가 사라진 것과 무엇이 다른가. 이를테면 이런 게 '내려놓는 것'이다. 그러나 내려놓아야 한다는 그것에 붙들리면 상황은 또 역전된다. 그래서 그냥 내려놓아야 한다.

아무런 생각 없이 사는 게 명상이 아니라 괴로움이든 즐거움이든 삶의 순간순간을 알아차리는 것이 생활명상이다. 그냥 툭 놓아라. 이유를 붙이면 툭 놓을 수 없다.

그렇다면 아잔 브라흐마의 스승이었던 태국의 고승, 아잔 차의 다음 법문은 더욱 가슴에 와 닿을 것이다.

"조금 놓아버리면 조금의 평화가 오고, 크게 놓아버리면 큰 평화를 얻을 것이다. 만일, 완전히 놓아버린다면 완전한 평화와 자유를 얻을 것이다. 그리하여 세상을 상대로 한 그대의 싸움은 끝날 것이다."

미리 걱정하지 마라

여행을 준비할 때 두 가지 유형이 있을 수 있다. 하나는 집을 나서는 게 목적인 사람. 또 하나는 여행지가 목적인 사람.

첫 번째 유형은 여행지에서 일어날 일을 미리 걱정하지 않는다. 길을 나서는 그 자체가 즐겁고 신나기 때문이다. 그 다음 일정은 길을 나선 후에 결정하는 스타일.

두 번째 유형은 여행지에 도착하는 것이 목적이기 때문에 미리 계획하지 않으면 불안하고 초조하다. 길을 나서는 것은 목적지에 가는 수단이라고 여기는 스타일.

여러분은 어느 쪽인가. 과정 자체를 목적으로 삼을 것인가, 아니면 목적만을 목적으로 삼을 것인가. 너무 완벽한 스케줄을 정해 놓고 움직이면 생동감이 떨어질 것이다. 당황스럽고 엉뚱한 일로 고생하는 그 자체가 이미 여행의 몫이다.

우린, 너무 고정된 방식대로 살아가는 데 익숙해져 있다. 변화를 수용해야 인생의 전환점을 만나게 된다. 일상에서 예정치 않은 일이 생기더라도 귀찮아하지 말고 적극 수용하라.

우리 삶에서도 아직 다가오지 않은 일에 대해 너무 걱정할 필요가 없다. 그 걱정 때문에 여행길의 묘미를 놓친다. 삶에 대한 순발력은 책상이 아니라 현장 속에서 발휘된다. 그러므로 생기지도 않은 일을 미리 염려하면서 시간을 보내는 것은 리얼리티한 삶의 자세가 아니다. 준비와 대비는 해야 하지만 걱정은 닥친 다음에 해도 늦지 않다.

그래서 인도의 성자 라즈니쉬도 "정말 걱정할 일이 생길 때까지는 미리 걱정할 필요가 없다. 그리고 걱정할 일이 벌어졌을 때는 달게 받아들이는 게 마음 편하다. 그러면 절대 걱정할 일이 없을 것이다. 대개의 경우 미리 불행을 예상함으로써 비참한 꼴을 당하게 된다"고 충고해 주었다.

어떤 사람이 임제 선사에게 물었다.

"누가 와서 스님을 마구 때리면 어떻게 하겠습니까?"

"그 사람이 오기도 전에 내가 어떻게 해야 할지 어찌 알겠는가? 그 사람이 오면 그 순간에 결정해도 늦지 않을 것이다."

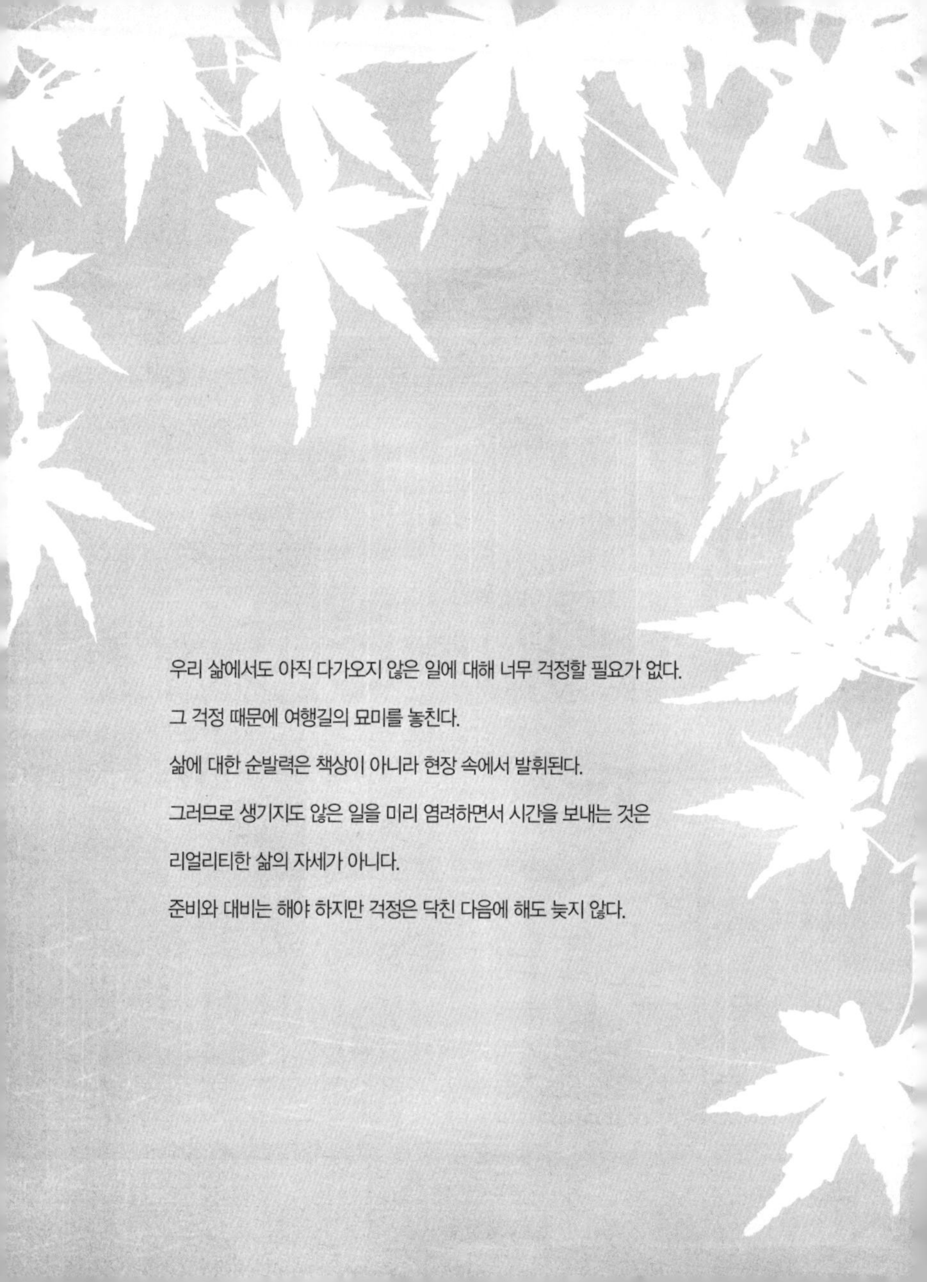

우리 삶에서도 아직 다가오지 않은 일에 대해 너무 걱정할 필요가 없다.

그 걱정 때문에 여행길의 묘미를 놓친다.

삶에 대한 순발력은 책상이 아니라 현장 속에서 발휘된다.

그러므로 생기지도 않은 일을 미리 염려하면서 시간을 보내는 것은

리얼리티한 삶의 자세가 아니다.

준비와 대비는 해야 하지만 걱정은 닥친 다음에 해도 늦지 않다.

속옷마저 없어야 한다

어느 부자가 몹쓸 병에 걸려 죽을 지경에 이르렀다. 나라 안의 모든 의사들이 다녀갔지만 백약이 무효였다. 그때, 지나던 노승이 살아날 수 있는 비법을 가르쳐 주었다. 즉, 행복한 사람을 찾아가서 그의 속옷을 입으면 병이 낫는다고 했던 것이다.

하인들이 사방으로 흩어져 행복한 사람을 찾았다. 그렇지만 스스로 행복하다고 말하는 사람은 어디에도 없었다. 그러던 어느 날, 한 하인이 두메산골 오두막집에서 그런 사람을 만났다. 그는 흙을 파먹고 사는 가난한 농부였다. 하인이 그에게 속옷을 벗어 달라고 부탁했다. 그러자 농부가 고개를 저으며 말했다.

"저는 가난해서 여태 속옷이라는 것을 입어 본 적이 없습니다."

부자는 속옷을 구하러 다니지만 가난한 이는 속옷도 필요 없다. 행복한 사람은 가난을 탓하지 않는 사람이다. 재산을 가졌더라도 지금의 자신을 탓한다면 그는 불행한 사람이다. 속옷마저 없으면, 오히려 집착할 게 없으니 행복하다. 소유했기 때문에 불행한 경우가 많다. 재산이 많으면 그만큼 걱정할 일이 많아질 것이다. 적게 가지면 구할 일도 없어진다. 행복한 사람은 더 이상 구하지 않는 사람이다.

바라는 게 많으면 불만도 많은 법. 결국 욕심을 줄여 가는 것이 행복으로 가는 지름길이다. 또한 만족은 행복에 이르는 중요한 요소이기도 하다.

선행의 배를 건조하라

어떤 국왕이 사냥을 나갔다가 돌아오는 길에 탑을 돌면서 예배하는 것을 보고 신하들이 웃었다. 그러자 왕이 신하들을 향해 물었다.

"끓는 솥에 황금이 있다면 그것을 손으로 집어낼 수 있겠는가?"

"집어낼 수 없습니다."

"그러면 찬물을 거기에 쏟을 수 있겠는가?"

"쏟을 수 있습니다."

왕은 문답을 마치고 이렇게 말했다.

"내가 왕으로서 사냥하는 일은 끓는 솥과 같고 향을 사르고 탑을 도는 것은 끓는 물에 찬물을 붓는 것과 같다. 대개 권력자가 되면 선행과 악행이 있을 수 있는데 어찌 악행만 있고 선행이 없을 수 있겠는가."

살다 보면 부득이하게 악을 저지르게 되는 수가 있다. 또한 누구에게나 직업의 특성 때문에 악업이 쌓일 수도 있을 것이다. 그러나 선행을 하지 않으면 그 악행은 태산처럼 커지고 만다. 그래서 끓는 물에 찬물을 부어 주어야 더운물에 데지 않게 된다. 따라서 일상사에서 선행보다 악행이 많다면 그 사람은 구제받지 못할 사람이다.

붓다도 "작은 돌은 가라앉지만 배에 실으면 강물에 띄울 수 있다"며 공덕 쌓을 것을 권유했다. 공덕과 선행의 배를 건조하라. 그것만이 악행의 과보를 피할 수 있다.

검약이란

물건이 이 세상에서 소멸하는 전 과정을 지켜보는 자세를 말한다.

그 소멸하는 과정을 다른 이에게 맡기면 낭비다.

그렇다면 우린 얼마나 많은 낭비를 일삼고 있는가.

나 자신부터 반성할 일이다.

검약은 물건의 소멸을 지켜보는 것이다

붓다의 제자, 아난이 나무 아래에 앉아 있을 때였다. 신앙심이 깊었던 코삼비 나라의 우데나왕이 찾아와서 법문을 들었다. 아난의 가르침에 환희심을 일으킨 왕은 500벌의 가사와 법복을 공양했다. 이때 왕은 이미 입고 있던 옷은 헌 옷이 될 수밖에 없는데 어떻게 사용할 것인가에 대한 질문을 던진다.

두 사람 사이에 있었던 대화.

"이 많은 옷을 어떻게 하시렵니까?"

"여러 스님들께 나누어 드릴 겁니다."

"그러면 스님들이 입던 헌 옷은 어떻게 하시렵니까?"

"그 헌 옷으로는 이불 덮개를 만들겠습니다."

왕은 계속해서 질문을 던졌다.

"그 전에 쓰던 헌 이불 덮개는요?"

"그것으로는 베갯잇을 만들겠습니다."

그리고 왕의 다음 질문을 대신하여 아난 존자가 계속 답하였다.

"다시, 헌 베갯잇은 방석을 만들고, 헌 방석은 발수건으로, 헌 발수건은 걸레로 만들고, 헌 걸레는 잘게 썰어 진흙과 섞어 벽을 바르는 데 쓰겠습니다."

물건을 어떻게 써야 알뜰한가를 잘 알게 한다. 주변을 보면 버리기만 하고 재활용하지 않는다. 새것이 생기면 곧바로 헌것은 무용지물이 되기 일쑤다. 물건의 수명이 멀쩡한데도 구형 모델이라고 바꾸고 고장 몇 번 났다고 교체하는 게 우리의 생활 습관이다.

검약이란 무엇인가. 흔히, 창고에 물건을 쌓아 놓고 자물쇠를 채우면 검소하다고 생각할지 모른다. 하지만 히말라야 라다크 사람들은 제한된 자원을 조심스럽게 쓰는 일을 검약이라고 정의했다. 즉, 다 낡아서 더 이상 쓸 수 없을 때, 다시 그 물건의 용도를 찾는 것을 말한다. 라다크 사람들은 사람이 먹을 수 없는 것은 짐승에게 주고, 연료로 쓸 수 없는 것은 땅의 거름으로 주며 살고 있다.

검약이란 물건이 이 세상에서 소멸하는 전 과정을 지켜보는 자세를 말한다. 그 소멸하는 과정을 다른 이에게 맡기면 낭비다. 그렇다면 우린 얼마나 많은 낭비를 일삼고 있는가. 나 자신부터 반성할 일이다.

103 처음 선택이 최고의 선택이다

어느 나라에서는 혼기를 앞둔 딸에게 바구니를 들게 하고 옥수수 밭으로 보낸다고 들었다. 딸이 밭으로 갈 때 어머니는 이렇게 약속을 한단다.

"가장 마음에 드는 옥수수를 따 오면, 네 마음에 드는 신랑감을 골라 줄게."

그러나 옥수수 밭으로 들어간 처녀들 중 열에 아홉은 빈손으로 나온다고 한다. 처음에 마음에 드는 것을 골랐으나, 그것보다 더 좋은 게 있는 줄 알고 자꾸 앞으로만 나가다가 결국에는 밭고랑이 끝나 하나도 손에 넣지 못하는 것이다.

우리 주변에는 혼기를 놓친 이들이 많다. 혹시 너무 좋은 배우자를 만나려고 밭고랑을 헤매고 다닌 것은 아닌지 물어보고 싶다. 너무 기다리면 때를 지나치고 만다. 너무 견주기만 하면 그나마 곁에 있는 사람까지 놓치게 된다.

어쩌면 배우자는 처음의 선택이 최선의 선택인지도 모른다. 부부로 살고 있으면서도 '차라리 다른 사람을 만났더라면……' 하고 가정해 보기도 할 것이다. 그러나 가장 멋진 남자가 현재의 남편이고, 가장 좋은 여자가 현재의 아내다. 기다려 보아도 더 좋은 선택이 되리란 보장은 없으니까 더더욱 그렇다.

산천초목이 다 보고 있다

『구잡비유경』에는 다음과 같은 이야기가 전한다.

옛날 어떤 사문이 산길을 가다가 속옷이 풀어져 땅에 떨어졌다. 그는 곧 좌우를 돌아보고 천천히 옷을 당겨 입었다. 그때 산신이 나와 그에게 말하였다.

"여기는 어떤 사람도 볼 일이 없는데, 왜 두리번거리며 옷을 입는가?"

그가 말하였다.

"산신이 지금 나를 보았고, 또 위를 쳐다보면 해와 달과 하늘이 나를 보는데, 몸을 드러낼 수는 없다. 부끄러움을 모르면 사람의 도리가 아니다."

세상에는 완벽한 비밀도 없지만 완전한 범죄도 없다. 설령 이

웃을 속였더라도 하늘은 가릴 수 없기 때문이다. 혹 그 하늘마저 무시했다 하더라도 반드시 한 사람은 알게 되어 있다. 바로 자기 자신이다.

낮말은 새가 듣고 밤말은 쥐가 듣는다는 것은 이 세상 그 어디에도 부끄러움을 면할 완벽한 곳은 없다는 뜻이다. 산천초목이 다 귀와 눈을 열고 있다. 생각해 볼수록 무섭고 무서운 속담이다.

누구에게나 저울은 있다

시인이며 서예가였던 소동파(蘇東坡, 1036~1101)는 당송팔대가 唐宋八大家의 뛰어난 문장가로 잘 알려져 있으며 그가 지은 『적벽부』 역시 매우 유명하다. 그는 또한 불교에 심취하여 이름 높은 스님들과 교류가 많았다. 그가 벼슬을 하고 있을 때 옥천사의 승호承皓 선사를 찾아갔다.

"그대의 존함이 어찌 되시오?"

선사의 물음에 소동파는 자신의 이름 대신 이렇게 말했다.

"내 성姓은 칭秤가요."

이 말이 떨어지기 무섭게 선사는 소동파 가까이에서 "아악!" 하고 소리를 질렀다. 그러고는 이렇게 일렀다.

"이 소리는 몇 근이나 되는가?"

칭은 저울이다. 따라서 자신의 저울로 상대방을 재어 보겠다는 뜻을 전한 것이다. 그때 노사老師는 고함을 질러 그 무게를 달아 보라고 했다. 예상치 못한 응수에 말문이 막혀 버린 소동파. 논리의 타파는 논리 밖에서 해결되는 법이다.

어디 소동파만이 칭秤가일까. 사람마다 각자의 저울을 가지고 있다. 그것으로 상대방을 저울질하지는 않는가. 만약 그 저울에 편견의 추가 달렸다면 상대방을 올바르게 평가하기는 더욱 어렵다. 성경에도 "다른 사람을 잰 자로 자기 자신도 측정된다"고 쓰여 있다. 이 역시 자신의 척도로 다른 이를 심판하지 말라는 가르침.

106

심사위원이 되면 인생이 재미없다

세계적 마술사인 미국의 데이빗 카풀즈. 그의 마술은 전 세계 사람들을 사로잡는다. 그러나 우리나라에서는 홍행에 성공하지 못하고 돌아갔다. 왜 그랬을까?

그것은 마술을 구경하는 우리나라 사람들의 태도 때문이란다. 마술은 속임수라는 인식 때문에 오히려 마술의 매력에 접근하지 못했다는 말이다. 마술을 재미로 구경해야 함에도 불구하고 관객의 관심이 온통 마술사의 손놀림에 가 있다면 재미는 반감된다. 다시 말해 마술사가 어떤 방법으로 눈을 속이는지 그것만 바라본다면 홍미가 없어지게 마련이다. 마술을 보면서 스스로 심사위원이 되면 무대 위의 공연에 몰입할 수 없다.

세상살이도 똑같다. 그 사람의 단점이나 그 물건의 허점만 보기 시작하면 인생이 무미하고 재미없다. 그 사람의 얼굴에서 인간적인 여유와 미덕이 사라지고 만다.

내 인생을 마주하고 살기에도 부족한 세월인데, 그런 인생에서 남의 인생을 엿보며 사는 것을 결코 행복하다고 할 수 없다. 무대를 보듯 이런 사람 저런 사람 모두를 인정하며 사는 일이 즐겁지 않겠는가. 그래야 살아가는 재미가 더 쏠쏠하고 풍성하다.

한 번뿐인 인생이라는 무대. 무대 밖에서 살피지 말고 스르르 동화되어라. 그럴 때 삶이 신비로워지고 경이로워진다.

107

마음처럼 변덕스러운 것도 없다

마음만큼 변덕스러운 것도 없다. 날씨는 기상청에서 어느 정도 예상할 수 있지만 인간의 마음은 그 어떤 기계도 예측하기 어렵다. 어제 다르고 오늘 다르다. 사람이면서 사람의 마음을 짐작할 수 없다. 하긴, 내 마음 나도 모른다고 하는데 어찌 남의 마음을 알겠는가. 『달마혈맥론』에서는 마음을 이렇게 규정하고 있다.

마음 마음이여!
알 수가 없구나.
너그러울 때는 온 우주를 다 받아들이다가도
한번 옹졸해지면 바늘 하나 꽂을 자리가 없으니.

우리의 마음은 한번 너그러워지면 태평양 바다보다 넓으나, 한번 옹졸해지기 시작하면 씨알 하나도 들어가지 못한다. 한마디로 오차 범위가 너무 현격하다. 날마다 오락가락하는 이놈을 불교에서는 '날뛰는 원숭이' '길들이지 않은 야생마' '자기 멋대로 그리는 화공畵工' 등으로 비유하고 있다. 도저히 종잡을 수 없는 대상이라는 뜻.

그런데 마음에는 세 가지 정도의 법칙이 있는 것으로 알려져 있다.

첫째는 복사의 법칙이다.

복사기에 문서를 갖다 대면 그대로 복사된다. 이와 같이 자신의 생각이 행동으로 표현되는 것이다. 마음 떠난 행위는 없다. 일부러 행동한다 해도 그 또한 마음 아니던가. 그래서 좋은 생각을 많이 해야 하며 긍정적 사고가 중요하다. 생각한 대로 이루어지는 것이 인생이다. 힘들더라도 꿈과 희망을 품고 있어야 한다. 그것이 언제 복사되어 나올지 모르기 때문이다.

둘째는 자석의 법칙이다.

이 법칙은 끼리끼리 모이는 업의 성질을 표현한 것이다. 자석은 끌어당기는 힘이 있지 않은가. 이처럼 마음은 익숙한 업業과 금방 친해진다. 그래서 다른 말로 유유상종, 동류친화의 법칙이라고도 한다. 술을 좋아하는 술꾼은 술꾼끼리 모이고, 도박을 즐기는 도박꾼은 도박꾼끼리 모이는 게 마음의 에너지다. 자신이 지금 어떤 행동을 하고 어떤 사람과 어울리는지를 잘 관찰해 보면 어느 성질의 업에 물들어 있는지 가늠해 볼 수 있다.

셋째는 동반동動反動의 법칙이다.

벽에 공을 던지면 반동에 의해 던진 사람에게 오는 이치다. 이는 인과의 법칙을 말한 것이다. 마음은 쓰는 만큼 되돌아온다. 일명 부메랑 법칙이다. 악한 마음을 내면 그 결과는 자신에게 온다. 베풀게 되면 그만큼 다시 채워진다. 그래서 자작자수自作自受, 스스로 짓고 스스로 받는다. 남이 보태 주는 것은 결코 없다. 그렇다면 함부로 타인을 향해 돌을 던질 일이 아니다. 언제 그 돌이 나에게 날아올지 모른다.

우리의 마음을 잘 살펴보면 이 세 가지 법칙 안에서 작용한다는 것을 알 수 있다. 따라서 이 법칙 속에 마음을 어떻게 써야 할 것인가에 대한 해답도 들어 있다.

프랑스의 문인 빅토르 위고는 "이 세상에서 가장 넓은 것은 바다이고, 바다보다 넓은 것은 하늘이다. 하늘보다 더 넓은 것은 사람의 마음이다"라고 말한 바 있다. 이왕이면 천하를 다 품을 수 있도록 크고 호탕하게 살 일이다. 인생은 유한할지라도 삶은 무한하기 때문에 더욱 그렇다.

화가 될지 복이 될지 모른다

두 마리의 노새가 길을 가고 있었다. 한 마리는 짐만 잔뜩 짊어지고 있었고, 다른 한 마리는 소금값을 넣어 둔 돈자루를 지고 있었다.

돈자루를 짊어진 노새는 값진 것을 지고 간다는 것이 그렇게 영광스럽고 자랑스러울 수가 없었다. 그는 신이 나서 방울을 쩔렁거리며 당당하게 앞서 걸었다.

그때, 돈자루를 노리던 도적들이 나타났다. 도적들은 돈을 싣고 가던 노새에게 달려들어 돈자루를 빼앗으려고 했다. 노새는 도적들을 방어하기 위해 사력을 다해 날뛰었지만 한순간 칼이 자신의 몸을 찌르는 것을 느꼈다. 그는 신음소리를 내며 거친 숨을 몰아쉬었다.

"내가 받는 대가가 고작 이것이란 말인가? 나를 따라오던 노새는 저렇게 멀쩡한데 나는 여기서 이렇게 죽어야 하다니."

그때 이를 지켜보던 친구 노새가 그에게 다가와서 이렇게 말했다.

"친구, 높은 일만 하는 것이 언제나 좋은 것은 아니라네. 자네가 나처럼 밀가루 자루를 날랐다면 이렇게 되지 않았을 걸세."

17세기 프랑스 시인 라 퐁텐의 우화다.

인생사도 새옹지마다. 좋은 것이 언제나 좋은 것이 아니며, 나쁜 것이 언제나 나쁜 것이 아니다. 남의 인생을 부러워할 필요는 없다. 언제 그 상황이 바뀔지 모르기 때문이다. 현재 가지고 있는 유리한 조건들이 화가 될지 복이 될지는 짐작하기 어렵다. 그러므로 물질적 가치에 인생 전부를 투자해서는 안 된다.

도움 받은 책

비탈에 선 지혜들_ 김윤덕 / 주변인의 길 2005

나는 왜 너가 아니고 나인가_ 시애틀 추장 외, 류시화 옮김 / 정신세계사 1997

지금 알고 있는 걸 그때도 알았더라면_ 류시화 엮음 / 열림원 1998

사랑하라 한번도 상처받지 않은 것처럼_ 류시화 엮음 / 오래된 미래 2005

구도자에게 보낸 편지_ 헨리 데이빗 소로우, 류시화 옮김 / 오래된 미래 2005

나는 미처 몰랐네 그대가 나였다는 것을_ 장일순 / 시골생활 2009

탈무드의 지혜_ 마빈 토케이어, 신동수 옮김 / 민중출판사 2003

오래된 미래_ 헬레나 노르베리 호지, 김종철 김태언 옮김 / 녹색평론 1996

눈은 눈을 보지 못함같이_ 장용철 / 해인행 2001

꽃피는 삶에 홀리다_ 손철주 / 생각의 나무 2009

한 줄도 너무 길다_ 류시화 엮음 / 이레 2000

하악 하악_ 이외수 / 해냄 2008

술취한 코끼리 길들이기_ 아잔 브라흐마, 류시화 옮김 / 이레 2008

사는 즐거움_ 보경 / 뜰 2009

벽암록_ 원오극근, 정성본 역해 / 한국선문화원 2006

선종 무문관_ 무문혜개, 광덕 역주 / 도피안사 2009

할로 죽이고 방으로 살리고_ 원철 / 호미 2009

종이거울_ 김재일 / 도피안사 2009

수피우화_ 김남용 엮음 / 화담 2006

날마다 한 생각_ 마하트마 간디, 함석헌 진영상 옮김 / 호미 2001

오쇼의 향기_ 스와미 차이타냐 키르티, 이지선 옮김 / 나래북 2009

틱낫한의 포옹_ 틱낫한, 김형민 옮김 / 현문미디어 2008

조주록_ 선림고경총서 / 장경각 1992

고애만록_ 선림고경총서 / 장경각 1992
풍경소리 1,2,3_ 풍경소리 엮음 / 풍경소리 2009
리더의 아침을 여는 책_ 김정빈 / 동쪽나라 2008
세상을 바라보는 지혜_ 주형선 엮음 / 르상스미디어 2008
달마가 골프채를 잡은 까닭은_ 방민준 / 서해문집 2002
누가 가장 자유로운가_ 심백강 / 청년사 2000
지혜의 쉼터_ 쇼펜하우어, 김충호 엮음 / 가림출판사 1993
채근담_ 홍자성, 조지훈 역 / 현암사 1986
한 권으로 읽는 빠알리 경전_ 일아 / 민족사 2008
노자 잠언록_ 황천춘 편저, 이경근 옮김 / 보누스 2009
마음에 힘을 주는 사람을 가졌는가_ 이경아 옮김 / 조화로운 삶 2009
인디언의 영혼_ 오히예사, 류시화 옮김 / 오래된 미래 2004
동양학 강의_ 조용헌 / 랜덤하우스 2010
유배지에서 보낸 편지_ 정약용, 박석무 편역 / 창비 2010
흐르는 강물은 속도를 겨루지 않는다_ 마르코 알딩거, 이기숙 옮김 / 보누스 2010
사랑하라 하고 싶은 일을 하라_ 페터 제발트, 손성현 옮김 / 문학의 숲 2010
조화로운 삶_ 헬렌 스코트 니어링, 류시화 옮김 / 보리 2000
티베트의 지혜_ 소걀 린포체, 오진탁 옮김 / 민음사 2009
버리고 떠나기_ 법정 / 샘터 1998
단순한 기쁨_ 피에르 신부, 백선희 옮김 / 마음산책 2001

이 외에도 이름을 기억할 수 없는 많은 분들에게서 생각의 도움을 받았습니다.
감사드립니다. 독자 여러분들도 읽어 보시면 삶이 행복해질 것입니다.

내가 배우고 이웃에게 전한 108잠언

언젠가는 지나간다

| **발행_** 2011년 7월 18일 | **2쇄 발행_** 2012년 7월 19일
| **지은이_** 현진 | **펴낸이_** 오세룡 | **펴낸곳_** 담앤북스 | **등록번호_** 제 300-2011-115호
| **주소_** 서울특별시 종로구 익선동 34 비즈웰 O/T 917호 | **전화_** 02)765-1251 | **팩스_** 02)764-1251
| **디자인_** 현대북스 051)244 -1251
| ISBN 978-89-966855-0-0 03810

정가 12,000원